ENLAZADA

RANCHO STEELE - LIBRO 5

VANESSA VALE

Derechos de Autor © 2017 por Vanessa Vale

ISBN: 978-1-7959-0086-7

Este trabajo es pura ficción. Los nombres, personajes, lugares e incidentes son producto de la imaginación de la autora y usados con fines ficticios. Cualquier semejanza con personas vivas o muertas, empresas y compañías, eventos o lugares es total coincidencia.

Todos los derechos reservados.

Ninguna parte de este libro deberá ser reproducido de ninguna forma o por ningún medio electrónico o mecánico, incluyendo sistemas de almacenamiento y retiro de información sin el consentimiento de la autora, a excepción del uso de citas breves en una revisión del libro.

Diseño de la Portada: Bridger Media

Imagen de la Portada: Deposit Photos: Sofia_Zhuravets & photocreo

¡RECIBE UN LIBRO GRATIS!

Únete a mi lista de correo electrónico para ser el primero en saber de las nuevas publicaciones, libros gratis, precios especiales y otros premios de la autora.

http://vanessavaleauthor.com/v/ed

1

Natalie

"Esto no es una cita".

"El cliente ya no está aquí, lo que significa que ya no es una reunión de bebidas. Somos dos adultos en un restaurante. Solos". Mi jefe, Alan Perkins, se recostó sobre la mesa y me dio una ligera sonrisa para acompañar esas palabras".

Usé todas mis fuerzas para no poner los ojos en blanco. Eso no hubiese salido bien. Él había estado invitándome a salir desde mi primer día en el trabajo hace dieciocho meses, pero yo lo había rechazado. Una y otra vez. Hasta ahora.

No es como que *esto* fuera una cita.

Observé mientras se marchaba el representante de la cadena local de tiendas minoristas que había cortejado desde enero—a casa con su esposa y sus tres hijos—dejándome sola con Alan.

Exhalé lentamente, doblé mis manos en mi regazo y las apreté juntas. Podía estar haciendo tantas cosas en este momento en vez de esto. Lavando. Una clase de entrenamiento cruzado. Haciéndome un tratamiento de conducto. La reunión con el cliente había sido importante, pero ¿ahora? ¿Sentada aquí con Alan en el restaurante lujoso? Una miseria.

"Yo no creo que RH considere como *cita* una reunión con un cliente", contesté.

Alan estaba en sus tempranos cuarenta. Atractivo en esa... manera de club de chicos viejos. Él entrenaba, tenía todo su cabello, no tenía mal aliento y se vestía bien. Volteaba miradas a donde quiera que iba, pero no la mía. Yo no estaba cegada por el refinamiento, el dinero o incluso la sonrisa pegajosa. Había escuchado por los rumores de la oficina que él había sido manoseador con una del personal de limpieza de la oficina, pero lo había mantenido oculto para que su esposa no se enterara. No quería que le arrebataran sus pilas de dinero, el estilo de vida del club de campo, o su trabajo en vista de que su suegro era el dueño de la compañía.

Ser manoseador era una manera bonita de decir que era infiel. Y un astuto con eso. O él quería engañar, o pensaba en engañar. Tuve que preguntarme si la empleada había disfrutado sus insinuaciones o lo había rechazado repetidas veces como yo lo había hecho. Tuve que esperar que ella fuera una mujer inteligente y haya pedido ser reasignada.

Para mí, incluso desviarse mentalmente llamaba al divorcio. ¿Quién querría estar con un hombre que incluso pasaba tiempo pensando en estar con alguien más? Fantasear era algo completamente diferente. Yo pensaba frecuentemente en Tom Hardy cuando sacaba mi vibrador, pero eso no era lo mismo que manosear a la gente que trabajaba para ti.

"...como dije, esto es fuera de horario. Nada de hablar de trabajo".

Parpadeé, concentrada otra vez en Alan. Esta vez *yo había* estado descarriada, mirando por encima de su hombro y capturando una mirada de los dos hombres sentados en el bar una vez más. Tom Hardy ahora estaba hundido en el fondo de mi lista de fantasías porque dos altos morenos altos y atractivos se habían movido al primer lugar. Estaban sentados y así realmente no podía confirmar que eran *verdaderamente* altos, pero parecían serlo. Vestidos de forma casual con pantalones y camisas abotonadas, uno tenía sus mangas enrolladas hacia arriba y no pude evitar notar sus antebrazos musculosos y sus manos grandes.

Yo amaba mirar las manos de los chicos, me preguntaba todas las cosas que él podía hacer con ellas. Quizás cubrir mis senos, deslizar un dedo dentro de mi boca para que pudiera chuparlo, humedecerlo para que él pudiera frotarlo contra mi entrada trasera, provocarme.

Wow, ese fue un salto grande y bastante travieso.

Me retorcí en el asiento y me quedé paralizada cuando los ojos del Sr. Manos Grandes se encontraron con los míos. Oscuros, intensos y llenos de calor, como si hubiese sido capaz de leer mis pensamientos pervertidos. Mi corazón dio un salto y me lamí los lamios, de repente con la boca seca. Su concentración capturó la atención de su amigo y *él* también me miró.

Mientras el primero fue pensativo, el segundo fue casual, en contraste con la sonrisa rápida que lanzó en dirección a mí. Labios completos doblados en una sonrisa maliciosa, sus ojos recorriéndome, instalándose brevemente en mis senos. Mis pezones se endurecieron ante el pensamiento de esa boca sobre ellos, chupando, lamiendo, incluso dando un ligero apretón.

Yo no era virgen. Esa primera vez en la universidad había sido hace mucho tiempo. Había aprendido bastante desde entonces, especialmente sobre mí misma. Era aventurera, segura en mi propia sexualidad, pero nunca antes había considerado dos hombres a la vez.

Hasta ahora. Hasta estos dos.

"¿Qué dices, Nat?"

Me sobresalté cuando sentí una zarpa carnosa en mi rodilla debajo de la mesa.

La aparté asustada, pero la acción solo separó mis piernas,

lo cual dejó que Alan deslizara su propia pierna doblada entre ellas.

Mi mirada saltó a la suya y los ojos azules se habían oscurecido y el Director General dulce se había ido. En vez de eso ahí estaba un hombre que tenía interés. Deseo. Ambas cosas que eran completamente no recíprocas. Y me había llamado Nat. Nadie me llamaba Nat en el trabajo. Nunca. Dudaba que él quisiera ser llamado Al.

"¿Puedo traerles a los dos algunos bocadillos para empezar?", preguntó la mesera mientras se acercaba a la mesa, bloqueando mi retirada.

A pesar de que su rodilla solo estaba entre las mías y no más arriba, fue suficiente para darme escalofríos. Intentar juntar mis piernas otra vez era una tarea imposible; eso solo hizo que sus ojos se incendiaran y que la mesera pensara que tenía hormigas en los pantalones.

"Tráiganos las espinacas con salsa y otra ronda de bebidas". Alan levantó su whiskey en las rocas.

"Oh, no. Yo no quiero nada". Levanté mi mano, palmas afuera. "De hecho—"

"De hecho, traiga las alas picantes. Me gusta hacer las cosas con mis manos". Dándole a la mesera una sonrisa ancha, asintió, su sonrisa se quedó pegada, luego me miró a mí. La mirada que ofreció gritaba *¿Este chico es de verdad?* Quizás ella podía notar que yo no estaba interesada, y no solo en la sala. O en lo que Alan pudiera hacer con sus manos. Como si la idea de él comiendo alas fuese remotamente atractiva.

Suspiré de nuevo, desvié la mirada a los dos en el bar. Estaban hablando entre ellos—no tan cerca como si estuviesen *juntos* ahí—pero miraron en dirección a mí una vez más.

Alan se inclinó, lo cual hizo que llevara su rodilla hacia atrás. Cerré las piernas rápidamente y me deslicé más cerca al borde del asiento.

"Hablaremos de la mercancía", dijo él sorprendiéndome.

Fruncí el ceño. "¿Qué? ¿Quieres hablar de la línea nueva?"

Reed y Rose era una empresa pequeña de tiendas de lencería. Había sido comenzada por el suegro de Alan en los años sesenta. Ellos habían comenzado con una tienda en el centro pero había crecido desde entonces para incluir tres tiendas localmente. Yo había sido contratada como representante de ventas para llevar estos artículos—sujetadores de alta gama, bragas, batas y otras ropas interiores femeninas—a cadenas de tiendas con el plan de negocios de expandirse regionalmente y posiblemente nacionalmente.

Yo había tenido sugerencias para una nueva dirección en diseño, cambiando los artículos de un estilo formal y trousseau a una línea más sexy y sofisticada, pero había sido rechazada por Alan. Hasta ahora. Alcancé mi portafolio del asiento a mi lado.

"¿Quieres ver las pinturas del departamento de arte?" Había trabajado con ellos por meses y los otros equipos de diseñadores para traer esta nueva dirección. Era un esfuerzo grupal con el que todos estábamos emocionados, pero no había sido capaz de obtener tracción con los superiores para hacerlo posible.

Su mano aterrizó sobre la mía, paralizando mi movimiento. Levanté mis ojos hacia los de él mientras sacaba mi mano debajo de la suya, vi por encima de su hombro que los ojos del Sr. Manos Grandes se estrecharon ante la acción.

"Este no es el lugar para sacar esos tipos de pinturas. ¿Cierto?"

Miré alrededor. El restaurante era de alta gama, pero no lujoso. Estaba en el primer piso de un hotel en el centro, conveniente para nuestros tragos con el cliente ya que estaba cerca de la oficina. Las presentaciones eran dibujadas a mano y de buen gusto, pero eran de lencería.

"En vez eso háblame de ellos".

Tomé un sorbo de mi agua, consideré su expresión seria. Él realmente parecía querer escuchar sobre lo que había estado trabajando, y presionando todos estos meses.

"Está bien, bueno..." Fui hacia los detalles sobre la línea, los sujetadores, las bragas a juego, los colores y las telas. Cuando comencé con la búsqueda demográfica y de mercadeo me cortó.

"¿Esto es algo que tú usarías?"

Me ruboricé ardientemente. Yo amaba la lencería. Esto era mi debilidad y la razón por la que había tomado el empleo en Reed y Rose en primer lugar. Mientras yo tenía los títulos y la experiencia laboral para la posición, tener una carrera en la industria que amaba era un privilegio definitivo. Siempre me había gustado tener cosas lindas y atractivas debajo de mi ropa de trabajo, pero eran para mi satisfacción—y posiblemente para el placer de un hombre al que le permitiera mirarlos—no para debatirlo.

La atención de Alan se movió hacia mi pecho y entonces supe que solo había escuchado mi seudo-presentación para poder cambiar de tema hacia mí y a lo que había debajo de mi apariencia profesional. Ya antes había lidiado con el sexismo. Acoso sexual como el de Alan que nunca cruzaba la línea. A pesar de que había tenido conversaciones con RH sobre él, sus palabras no habían sido suficientes para hacer mucho para cortarlo, especialmente porque la familia de su esposa era dueña de la empresa.

Yo nunca usaba ropa reveladora. Era cautelosa sobre eso, especialmente en la industria. Especialmente con Alan de jefe. Mi vestido era ajustado—yo era alta y delgada con solo curvas pequeñas—pero no ceñido. A pesar de que era sin mangas, era de cuello alto y caía a mis rodillas.

"Cualquier mujer profesional encontraría la línea atractiva", contesté neutralmente.

Alan se inclinó aún más, el aroma de su perfume y el whiskey de su aliento me tenía presionando hacia atrás al espaldar del asiento.

"¿Traes puesto el número de malla negra que describiste?"

Me salí del asiento, me puse de pie, agarré mi portafolio.

Definitivamente *no* íbamos a hablar sobre mis bragas. "Disculpa. Necesito el baño".

Me escapé del restaurante sin mirar atrás, recostándome contra el lavabo del baño, mirándome fijamente en el espejo.

¿Yo quería esto? ¿Un jefe grosero que iba a reducir mi determinación constantemente? No es como que yo *alguna vez* iba a dormir con él, pero una queja formal en RH no iba a hacer mucho. Él no se iba a ir de la compañía. De ninguna manera. Era su palabra contra la mía, todo el tiempo.

Tenía que lidiar con ello o renunciar.

La fuerte iluminación por todo el espejo me tenía preguntándome por qué Alan estaba tan interesado en mí. Mi cabello era castaño claro. Tímido. Se enrollaba y en el aire húmedo se iba a todos lados. Yo lo controlaba llevándolo hacia atrás con un gancho, pero siempre lucía como si me hubiese arrastrado fuera de la cama. Mi labial se había ido desde hace rato, pero no me iba a retocar para Alan. Lo iba a notar y a tener una idea errónea.

Mi maquillaje era suave, no mucho podía ayudar a mis ojos que eran anchos y demasiado grandes para el resto de mi cara. Mi boca demasiado grande. O eso pensaba. Y mi figura. Yo era de copa B pequeña; no suficiente escote, ni siquiera un puñado. ¿No estaría Alan más interesado en acosar a Mary de contaduría con sus grandes copas D?

Alisé mi vestido hacia abajo, tomé unas cuantas respiraciones profundas para fortalecerme.

Me detuve al dejar el baño. Me congelé, en realidad.

Ahí, recostados contra la pared estaban los dos bombones del bar.

"¿Estás bien?", preguntó el Sr. Manos Grandes. Me ojeó, pero no como un pervertido, sino con preocupación.

"Oh, um. Seguro", respondí, dándole una pequeña sonrisa.

"Yo soy Sam". Dirigió su cabeza hacia su amigo. "Él es Ashe".

"Hola", respondió Ashe.

Asentí, sin compartir mi nombre. Solo porque ellos estaban poniendo mis pezones duros y mis bragas húmedas no significaba que no era cuidadosa. Aunque nada sobre ellos estaba enviando banderas rojas en mi medidor de peligro. De hecho, era justo lo contrario.

"No pudimos evitar notar que tu cita y su errante—"

"Él no es mi cita", contesté cortándolo rápidamente. "Dios, no. Él es mi jefe".

Los dos fruncieron el ceño, estrecharon sus ojos. Sam era de unos seis pies, cabello oscuro, cejas espesas, mandíbula cuadrada afeitada. Su camisa blanca mostraba sus hombros anchos y físico bien musculoso. Ashe era unos pocos centímetros más alto, más delgado. Parecido a Matthew McConaughey con cabello castaño claro, de corte largo con una onda en este. Pómulos definidos y barba recortada. Los dos encajaban en cada una de mis cajas de "lo que me pone caliente". Era instantáneo, intenso y hacía que mi mente deambulara a lugares oscuros y ligeramente traviesos.

A pesar de que no éramos los únicos en el pasillo—otras pocas personas nos pasaban hacia los baños y el ruido de la zona principal de asientos era un recordatorio de que no estábamos lejos de los otros—yo sentí como si estábamos solos. Su atención estaba en mí, únicamente en mí.

"¿Jefe? ¿Y él te toca así?", preguntó Ashe. "A menos que lo desees, pero basado en tus reacciones, no parece que te guste".

"¿Él?" Me reí. "No, yo no lo deseo".

Los quiero a ustedes. A los dos con crema batida y una cereza arriba. Quizás solo la crema batida.

"Entonces márchate".

"Me encantaría escaparme, pero él *es* mi jefe y tendré que verlo mañana en la oficina. Y mi portafolio está en la mesa", añadí para finalizar, recordando de repente. Mierda.

"Suena como que es hora de comprar un portafolio nuevo", dijo Sam.

Sonreí, luego me reí. Ellos también sonrieron, como si

compartiéramos un pequeño secreto. "Quizás. Haré mis excusas, aunque me gustaría que él considerara la línea de productos de la que hablamos".

Cuando los dos me miraron con expresiones de interés, agité mi mano a través del aire, dispersando mis comentarios. Estos dos no necesitaban escuchar sobre mi trabajo. "Estoy acostumbrada a esto. A él. Es nada".

"No es nada. *Tú* no eres nada".

Se me cayó la boca ante la vehemencia en el tono de Ashe y la forma en que Sam negó con la cabeza en acuerdo. "Oh, um, bueno, eso es dulce".

Realmente lo era.

"No siempre somos dulces". Las palabras de Sam fueron como una promesa, una oscura, y me moví en mis tacones, frotando mis muslos juntos. Solo podía imaginarme lo no dulce que él podía ser. ¿Susurrando palabras sucias en mi oído mientras sostenía mis caderas y me follaba desde atrás? ¿Enrollando sus dedos en mi cabello mientras sostenía mi rostro inmóvil para que pudiese follar mi boca? ¿Agarrar mis tobillos mientras los sostenía en sus hombros mientras se deslizaba hacia adentro y afuera de mi vagina con su pene grande?

Oh sí, no tenía ninguna duda de que ellos podían ser *no dulces*.

"Podemos darle una paliza por ti".

Ahora sí me reí al pensar en los dos arrastrando a Alan detrás del basurero del restaurante, aunque ellos no estaban sonriendo. Sofoqué el sonido. "Están hablando en serio".

Caballeros y ardientes.

Ashe se puso las manos en sus caderas, señaló con la cabeza hacia la parte principal del restaurante. "Asumo que estás acostumbrada al Sr. Manos Sobonas. Que este no es tu primer rodeo".

Puse los ojos en blanco. "No, no es mi primer rodeo y estoy acostumbrada a él. RH no puede hacer mucho y ahora que se fue el cliente, ahora esto es una cena para él. Una *cita*". Mis dedos hicieron el pequeño movimiento.

"Tú solo nos lo haces saber, dulzura, y nos podemos hacer cargo de tu jefe lascivo". *Dulce*.

"Eso es lo um, bueno, lo más lindo que he escuchado en bastante tiempo".

Lo era. Había estado en una racha sin citas por tanto tiempo que se me había olvidado lo que era un chico amable. Un chico amable o *dos*. Eran abiertos y honestos, sinceros y preparados para llevar a Alan y sus alas de pollo hacia afuera y enseñarle una cosa o dos. No había tenido a nadie que me defendiera desde hace mucho tiempo.

Y yo no había estado tan atraída, tan excitada por un hombre—dos hombres—desde...nunca. Calor instantáneo, atracción. Dios, la química era fuera de lo común y apenas habíamos intercambiado nombres. Y yo preferiría que se *hicieran cargo* de mí en vez de Alan.

"Podemos rescatarte si quieres", dijo Ashe. Noté que sus ojos no eran tan oscuros después de todo, más de un verde botella.

"¿De verdad?"

"Seguro. Solo danos una señal y te sacaremos de ahí", añadió él, tirando de su oreja como un entrenador de beisbol de tercera base.

Sonreí ante el movimiento y lo copié, cuidadosa de no arrancarme el arete. "¿Hago esto y ustedes me salvarán?"

"Esa canoa douche puede remar su propio bote".

No pude evitar reírme con las palabras de Ashe. De nuevo. Amaba la forma en que estaba molesto por mí, de que no era ni remotamente como Alan. "Es trabajo de su esposa hacerse cargo de ese bote, no mío".

"¿Casado? Dios, él es incluso peor de lo que pensé", gruñó Sam. "Cariño, tú no pareces del tipo de mujer que necesita ser salvada. Apuesto que puedes hacerte cargo por ti misma, pero ¿por qué deberías hacerlo? ¿Por qué deberías estar atrapada con ese imbécil solo porque es tu jefe? Ya ha pasado la hora. Es tu momento. Te has conseguido dos chicos grandes para ayudarte".

Ayudarte. Sí, podía pensar en varias formas en las que ellos podían ayudarme. Sus manos sobre mi cuerpo, descubriendo que estaba húmeda por los dos. No tenía ninguna duda de que ellos podían hacerme olvidar todo acerca de Alan con unos orgasmos increíbles. Pensamientos locos. Yo solo acababa de conocer a estos dos y estaba pensando en sexo con ellos. Pero la conexión, no podía entenderla, pero estaba atraída hacia ellos como un imán.

Bajé la mirada hacia el piso de madera, llevé mis manos por encima de mis muslos. ¿Cuándo las palmas de mis manos se habían puesto tan húmedas? Y hablando de humedad...mis bragas eran de seda delicada y no podían manejar a estos dos. Respiré profundo. Dios, ellos incluso olían bien. Jabón o madera o algo masculino. O, quizás, solo a hombre.

"Gracias. Yo, um...mejor me voy de aquí". Me pasé los pulgares sobre los hombros. No me quería ir. Quería quedarme aquí parada y disfrutar de su examen honesto, interés abierto y bueno, amabilidad. Oh, y solo seguir apreciando su belleza. Quería ver qué más tenían para decir, aprender más sobre ellos que solo sus nombres. Quería recorrer mis manos sobre sus cuerpos duros, aprender qué los hacía quedarse sin aliento, qué ponía los bultos en sus pantalones incluso más impresionantes.

Ashe tiró otra vez de su oreja, como para recordarme la señal. Como si a mí se me iba a olvidar, o la forma en que su cabello rozaba sus dedos. Me preguntaba si era suave y sedoso como lucía. Y entonces ahí estaba la sonrisa, el movimiento ligero de sus labios, la alegría. Pero también la seriedad. Una oreja levantada y yo sabía que él—ellos—estarían ahí para ayudarme.

"Un placer conocerte..."

"Natalie", terminé la oración de Ashe, recordando que no

había compartido mi nombre, sonreí. "Un placer conocerlos a los dos también".

"Natalie", repitió Sam, como probando mi nombre en su lengua. Amaba el tono profundo de su voz, y me preguntaba si sonaría igual cuando lo pronunciara mientras me llenaba con su pene.

Tragué saliva, luego sonreí. Afortunadamente, el pasillo estaba lo suficientemente oscuro para esconder la forma en que me había sonrojado ante solo su tono.

Les di una última mirada a los dos, observando cada matiz. No solo eran condenadamente atractivos, sino que eran amables también. Incluso dulces, pero no me atrevía a llamarlos así. Y luego sus aromas me siguieron. Picante, selvático. Masculino. Respirarlos me puso caliente y mareada y excitada. Era como si ellos exudaban feromonas y yo las chupaba como si hubiese estado en una sequía. Lo cual tenía, una sequía sexual.

No había más razones para quedarse, y Alan ciertamente empezaría a preguntarse si me había caído o algo, así que me regresé a la mesa. Noté el nuevo trago de whiskey y las entradas enfrente de él. Estaba colocando un poco de salsa en un trozo de pan pita mientras me sentaba de nuevo.

"Ordené por ti".

Lo observé dar un gran mordisco, masticar. Un pedazo de espinaca se pegó a su labio. Agarró su whiskey, lo vació.

"No me voy a quedar". Enganché mi mano a una correa de mi portafolio.

"La noche es joven. Y tú también".

Arrugué mi nariz en disgusto. Mirando por encima de su hombro, vi a Ashe y a Sam de vuelta en el bar. Habían perdido sus asientos cuando estábamos en el pasillo, pero se habían recostado contra la superficie de madera donde podía verlos todavía. Ashe estaba hablando con el barman mientras Sam miraba en mi dirección. ¿Por qué yo seguía sentada con este perdedor cundo podía estar con ellos?

"Tengo una clase de entrenamiento temprano". Me puse de pie una vez más, deslizando mi portafolio por todo el asiento. Su mano se instaló sobre mi muslo mientras lo miraba.

"Justo como pensé. Bien tonificados".

Y habíamos terminado.

Estaba perfectamente a salvo en el restaurante. Podía pegarle en la cabeza a Alan con mi portafolio. A pesar de que puede que la computadora portátil no sobreviviera, valdría la pena el sacrificio para tocar su tonta campana. Podía gritar y no era como si estaba en un callejón oscuro. Un restaurante lleno de personas era seguro. Incluso podía marcharme. Pero no quería hacer nada de eso. Quería a Ashe y a Sam, así que levanté mi mano derecha a mi oreja, le di un pequeño tirón.

A pesar de que solo acababa de conocer a los hombres, y en el baño de pasillo del restaurante y nada más, sabía que ellos vendrían hacia mí. Me rescatarían. Se harían cargo de mí.

Yo *lo sabía*. ¿Cómo? No tenía idea. Solo sabía que lo harían. Y se sintió jodidamente bien.

2

 AM

"Estamos en problemas", me dijo Ashe, ofreciendo un asentimiento de gracias al barman mientras entregaba nuestras cervezas.

El restaurante del centro estaba ocupado, lleno de la multitud de la Hora Feliz persistente y los que estaban cenando. Con montones de madera oscura, luces modernas y música delicada, tenía una fuerte vibra urbana. Nada como Montana donde lo *urbano* no era genial. Lo urbano estaba justo aquí en el medio de Boston, a más de doscientas millas de distancia. Siendo un nativo del estado del Cielo Grande odiaba las multitudes, los edificios altos, el paso rápido. Pero el bar tenía buenas cervezas y la vista era genial. Especialmente de una morena específica con piernas largas y sonrisa perversa.

"Totalmente jodidos". Tomé un sorbo de la cerveza fría, miré a la mujer que habíamos pasado tres semanas intentando encontrar. Habíamos encontrado unas cuantas fotos de ella en internet, pero no demasiadas, y ninguna que le hiciera justicia. Especialmente no de cerca.

A la mierda, ella era hermosa. También inteligente basado en la forma en la que había tenido a dos hombres pendientes de cada palabra suya. Uno había estado *realmente* escuchando, teniendo una verdadera conversación hacia atrás y hacia adelante con ella. El otro la había estado fingiendo, asintiendo y tomando su whiskey, dejando que ella hiciera todo el trabajo.

Sí, trabajo. Estaba claro para mí, para cualquiera en el restaurante, había sido una reunión de negocios. No solo estaba vestida con un atuendo inteligente de negocios, le había pasado algunos papeles que había sacado de un portafolio a los hombres que estaban sentados al frente de ella, usado un lapicero para apuntarlos mientras hablaba. Por el lenguaje corporal del cliente, había estado complacido con lo que sea que ella estuviera lanzando.

Los cuarenta y cinco minutos que ellos habían estado reunidos nos dieron la oportunidad de estudiarla abiertamente, estaba tan concentrada en su trabajo que no nos había notado. Afortunadamente, porque probablemente me había tomado cinco minutos arrastrar mi lengua de vuelta a mi boca y otros pocos darme cuenta de que me había quedado mirando con los ojos abiertos. Como un maldito adolescente y su primera portada de revista. Conocía sus detalles generales por dentro y por fuera, pero no sus medidas, aunque mirándola, suponía que 34-24-24.

Natalie Barlett. Veintisiete. Soltera. Graduada de John Hopkins, Penn para su Maestría en Administración. Dueña de un apartamento. Manejaba un Subaru. Como contadora ejecutiva, probablemente ganaba un salario decente, pero no lo exhibía. Ella tampoco se exhibía a ella. Su vestido era de color azul marino. A pesar de que sus brazos estaban desnudos, el corte era modesto. De alguna forma, lo conservador se veía atractivo en ella, especialmente con los tacones asesinos.

"¿Alguna vez tu pene se ha puesto duro por un cliente?", preguntó Ashe, recostándose. Como investigadores, éramos contratados para encontrar personas. Quizás a un hombre por el lateral o a una amante. En este caso, una hija perdida. O, como acabábamos de descubrir, la única por la que habíamos estado esperando.

Me retorcí en el asiento porque él tenía razón, mi pene estaba duro. Si me levantaba, iba a ser arrestado si no me controlaba a mí mismo. "Demonios, no. Al menos no hasta ahora. ¿Qué es lo que hay en ella?"

Ashe se rio. "¿Esas pequeñas curvas ajustadas? ¿Esos ojos penetrantes? ¿Qué me dices de los labios carnosos?"

Cuando ella se puso de pie para sacudir la mano con el cliente antes de que se fuera, habíamos captado el efecto completo. Alta y esbelta, tenía el físico de una corredora. Músculos tonificados, caderas estrechas, senos pequeños y coquetos. Y esos tacones. Sí, tenía algo por una mujer en zancos. Ni siquiera tendría que agacharme demasiado para besarla. Pero me pondría de rodillas, separaría sus muslos y descubriría su aroma dulce si ella solo suspirara la palabra *sí*.

Y para rematar ese cuerpo estaba caliente, literalmente, ese cerebro perverso e inteligente de ella, y esa combinación era jodidamente sexy.

Me volví de vuelta a Ashe. "No me importa si ella es la cliente. La quiero".

Él estudió la condensación de su vaso, luego miró a Natalie. Ella había mirado en nuestra dirección un par de veces desde que había regresado de nuestra pequeña charla por los baños, sus mejillas poniéndose rosadas cada vez, sus ojos incendiados con interés obvio. Pero eso estaba totalmente desperdiciado porque en vez de estar con nosotros, estaba sola con su jefe el cual estaba labrando en una salsa de espinacas como si no hubiese comido en todo el día.

"Riley, de todas las personas, entenderá", respondió él tomando un sorbo a su cerveza, poniéndola de vuelta en el porta vasos.

Como abogado del patrimonio Steele y el chico que nos

había contratado para encontrar a Natalie Bartlett, él le había dado un vistazo a Kady Parks—la primera de las cinco herederas en llegar a Barlow—y decidió que ella era suya...y de Cord Connolly. Para ellos había sido amor—y lujuria—a primera vista y no había ninguna jodida manera de que ninguno de ellos estuviese molesto si nosotros nos sentíamos de la misma manera por Natalie Bartlett.

Me reí ante eso. "Sí, ¿cierto? ¿Cuánto tiempo esperó él antes de hacer un movimiento con Kady?"

"Por lo que escuché, ellos supieron que ella era suya en el área de equipaje del aeropuerto, pero esperaron acerca de cuatro horas para reclamarla".

"Y follarla".

Sonreí, pensando en la pequeña bebé que ellos—Kady, Riley y Cord—tenían ahora. Llamada Cecily, por la difunta madre de Kady. Nació en Febrero con una mata de cabello rojo justo como Kady, ella tenía a sus dos padres enrollados alrededor de sus dedos pequeños. Y esto solo se podía poner peor. Esa chica no iba a ser capaz de tener una cita hasta que tuviese treinta, y ellos estarían limpiando sus armas cuando el tipo la fuera a recoger.

Con respecto a las otras tres hermanas Steele que habían llegado a Barlow, había pasado lo mismo con ellas. Amor instantáneo para Cricket y sus tres hombres. Penny había domado a sus dos esposos desde el principio. Incluso Sarah—la cual nos había sorprendido a todos al ser una de las hijas de Aiden Steele porque ella era de Barlow—se había casado rápidamente. Ella sabía sobre su padre y lo había mantenido en secreto, al menos hasta el invierno pasado.

Y había sido nuestro trabajo encontrar a la quinta y última heredera Steele. Natalie. Puede que ella estuviera soltera, pero estaba a punto de cambiar. Sus redes sociales iban a cambiar a *En Una Relación* en el segundo en que la tuviéramos a solas. Ella solo no lo sabía todavía.

"¿Te diste cuenta de su aroma?"

"Limones", respondí. Nos habíamos acercado a ella lo suficiente en el pasillo trasero para notarlo. Para ver el color oscuro de sus ojos, sus labios carnosos. Cada centímetro—centímetro *vestido*—de ella de cerca. Estaba ansioso por ver el resto de ella tan pronto como fuese jodidamente posible. Nunca en mi vida había querido tanto a una mujer. Una mirada y... bam. Golpeado en un dos por cuatro. Estaba arruinado para todas las otras mujeres.

Y había tenido razón. Con sus tacones, ella estaba a solo unos pocos centímetros más baja que yo. No iba a tener que doblarme a la mitad cuando folláramos. "Aunque estamos terminados aquí mientras que ese cretino le está poniendo sus manos encima a ella".

"Es su jefe. Ella se ha manejado bien por sí misma hasta ahora". Ashe no parecía nada más feliz al respecto de lo que yo estaba, pero estaba orgulloso de ella por ser inteligente y lo suficientemente fuerte para lidiar con mierdas estúpidas como insinuaciones inapropiadas hacia ella.

"Ella no tiene que hacerlo", contesté. "El bastardo manoseador necesita tener una conversación. Puedo ver su anillo de bodas desde aquí", gruñí, observando cambiar la expresión de Natalie a disgusto.

Se puso de pie y él puso su mano sobre su muslo. Su maldito muslo. Sí, el imbécil se iba a ir de aquí con un puñetazo.

Con su mano libre, se haló la oreja mientras lo miraba con odio.

Nos acercamos a ella en segundos, pero en ese tiempo, ella le agarró la mano, la giró en sentido de las agujas del reloj para que quedara mirando hacia el techo. Eso torció su hombro y se recostó, intentando aliviar el dolor que podía ver en su rostro.

"¿Natalie?", pregunté, interrumpiendo a nuestra chica en su trabajo. Mi pene se puso duro con solo mirarla hacerse cargo de ella misma.

Dio un paso atrás, dejando que la mano del imbécil se cayera. Él nos miró mientras enrollaba su hombro y abría y cerraba sus dedos. Incluso después de ser tan abiertamente reprendido, una sonrisa recorrió su boca mugrienta mientras levantaba la vista hacia nosotros. No estaba arrepentido en lo más mínimo, solo me dio la mirada de un niño capturado con la mano en la jarra de galletas.

Esas galletas no son para ti, imbécil.

"Sí, ¡oh hola! Sam, wow, ha pasado tanto tiempo", dijo Natalie un poco jadeante. Sabía que era porque estaba sonrojada y—afortunadamente—molesta con su jefe por ser tan cretino. Además por ser forzada a hacer algo al respecto. Ponerlo en un cierre de muñeca probablemente no había sido lo que ella había querido hacer en un restaurante. Sus mejillas estaban rosadas. "Ashe también".

"Te ves genial", añadió él, acercándose y dándole un beso en la mejilla.

Chico inteligente. Desearía haber pensado en eso. Entonces sabría lo suave que era su piel.

"La última vez que nos reunimos tuvimos que cortarlo rápido", continué. "Es tan malo que no hayas podido *venir* con nosotros. Puedes hacerlo ahora si quieres".

Sí, podíamos hacerla venir totalmente.

Ella se sonrojó ante el segundo significado de mis palabras, luego sonrió. Sí, ella era jodidamente inteligente. Amaba ese cerebro suyo. Ella sabía exactamente a lo que me refería, lo que le estaba ofreciendo. Era atrevido, adelantado incluso, pero la conexión era real. No quería asustarla, pero definitivamente quería que ella supiera lo que nosotros queríamos. *A ella.*

Natalie se aclaró la garganta, sus ojos puestos en mí. Era como si el jefe y todos los demás en el restaurante hubiesen desaparecido. "Tienes razón. De verdad me gustaría venirme con ustedes". Miró a Ashe y su mirada estaba llena de apreciación femenina. "Con los dos".

Le dio a su jefe una mirada breve y molesta. "Ya he terminado aquí".

"Genial", dije, extendiendo mi mano hacia afuera para tomar su portafolio.

"Nat, ¿no me vas a presentar a tus amigos?", preguntó el jefe, un trozo de espinaca colgando de su boca y cayéndose al suelo.

Apretando su nariz le dio una mirada estrecha de pasada. "No". En vez de pasarme su bolso, puso su mano libre en la mía. *Demonios sí*. "Buenas noches, Alan. Dile a tu *esposa* que le mandé saludos".

Ashe se apartó para dejarla que guiara el camino. Le di un pequeño apretón a su mano y salimos del restaurante. Por fuera del rabillo de mi ojo vi a Ashe agachándose, hablando con el bastardo, posiblemente amenazándolo con la necesidad de una prótesis si la volvía a tocar, pero nos alcanzó rápidamente

Una vez afuera en la acera, pero lejos de la entrada, ella se detuvo, se volvió para mirarnos a los dos. La entrada del restaurante estaba bien iluminado, la calle concurrida. Se estaba oscureciendo, el aire fresco.

"Gracias por su ayuda".

No había separado su mano de la mía y yo no tenía ninguna intención de dejarla ir hasta que ella lo hiciera.

"Por lo que vimos no necesitas ninguna ayuda de nosotros", dije, dejándole saber que estábamos impresionados.

A pesar de que ella había puesto al Sr. Manitas en su lugar, Ashe seguía molesto, pero intentaba esconderlo de ella. Tuvo suficientes problemas con su jefe sin asumir sus sentimientos al respecto. "No quería que te fueras de ese pasillo sin nosotros, que volvieras con ese cretino", dijo él. Había un toque de agudeza en su tono, pero mirándolo, era porque estaba excitado, no molesto. "No tuve la oportunidad de..." Llevó el dorso de su mano por su boca, miró a Natalie. Sí, él también había encontrado su rutina ninja jodidamente ardiente.

"¿De qué?", preguntó ella con voz baja, ronca.

Él disminuyó la distancia entre ellos, puso una mano sobre la cintura de ella y la llevó de espaldas así que quedó presionada contra la pared de ladrillos, con una mano plantada por encima de su cabeza. Estaban en la sombra y tenían un poco de privacidad. Un pequeño gemido se escapó de sus labios justo antes de que la besara.

Me metí las manos en los bolsillos y observé la calle, aunque mantuve un ojo en Natalie. Se veía jodidamente preciosa, sus manos enrollándose en la camisa de Ashe en su torso, su cabeza inclinada hacia atrás contra la pared. No sentía celos hacia mi amigo. Yo compartiría a esta mujer, pero solo con él.

Él levantó su cabeza y ella sonrió, luego le mordió el labio inferior. "Wow".

"Cariño, puedo hacer que digas más que wow".

Ella levantó una ceja en sorpresa.

Me acerqué y Ashe se apartó del camino. "Mi turno".

"Tu—"

No la corté con mi boca, pero la atraje hacia mí, la miré a los ojos. Ojos que estaban nublados con deseo que Ashe había alimentado. "Mi turno", repetí. "Di que nos quieres a los dos, cariño. Y si te beso, no vas a golpearme en las pelotas con la rodilla o a romper mis dedos".

La sorpresa ensanchó sus ojos ligeramente, pero fue seguido por una pequeña sonrisa. No vi ni una pizca de pánico ante mis palabras. No, ella nos deseaba a los dos. Había estado pensando en eso desde que capturamos su mirada la primera vez al otro lado del restaurante. Ella simplemente no había descubierto que nosotros nos sentíamos de la misma manera.

"No habrá ruptura de pelotas".

Cubrí su mandíbula con mi mano, la otra mano en su cintura. Si la deslizaba unos centímetros más abajo, iba a estar cubriendo su trasero ajustado. Pero todavía no, tenía que escuchar la única palabra que mantendría esto fluyendo.

"Sí", suspiró y casi me vine en los pantalones.

Sonreí, luego bajé la cabeza, observé como sus ojos se cerraron justo antes de que mis labios se encontraran con los de ella.

Dulce, suave, tentador, luego un atrevimiento repentino. Su lengua se encontró con la mía y su mano fue hacia la parte posterior de mi cuello, se enredó en mi cabello y me mantuvo inmóvil.

Maldición, ella sabía tan bien. Perfecta.

"No quiero dejarte ir", dije, nuestros labios ligeramente separados. "Te sientes tan perfecta en mis brazos. Sabes tan bien". A pesar de que no estaba presionada contra la pared como lo había estado cuando Ashe la besó—tuvo que haber sentido lo duro que él estaba—no había duda de que ella no hubiese notado la presión de mi pene contra su vientre. Que la deseaba. "Pero no quiero seguir haciendo esto aquí".

Sus ojos oscuros se encontraron con los míos, y cuando Ashe se acercó, ella lo miró. Ashe tomó su mano, la levantó hacia su boca y besó sus nudillos.

"Nos estamos quedando en el hotel", dije, señalando con la cabeza hacia el restaurante. Justo al pasarlo está la entrada hacia el vestíbulo del hotel. "Ven a nuestra habitación y podemos continuar besándote".

Era obvio lo que queríamos, pero besar a un chico en una calle concurrida era bastante diferente a ir a su habitación de hotel.

"Sé que no nos conoces, pero estás a salvo con nosotros. Nosotros *nunca* te lastimaríamos". Aparté su cabello de su rostro, sentí las hebras sedosas enredarse en mis dedos.

"¿Vendrás con nosotros?", preguntó Ashe otra vez.

Ella miró entre los dos, se mordió el labio. "Puede que quiera..."

"¿Qué?", preguntó Ashe, acercándose un paso más. "¿Qué quieres?"

Enlazada

Observé como su pecho se elevaba y descendía con cada pequeño jadeo. Sus pezones estaban definidos debajo de su vestido y sentí un temblor debajo de las palmas de mis manos. "Más que besos".

3

𝒩ATALIE

Esta vez Ashe tomó mi mano. Grande y tibia, sentí cayos en la palma de su mano. El agarre era amable, pero sabía que él podía ser demandante. Ese beso contra la pared afuera del restaurante...iba a usar ese recuerdo la próxima vez que sacara mi vibrador de mi gaveta. Santo cielo, había sido abrasador. Un poco dominante, un montón posesivo. Había sido como si él no pudiera contenerse, que había estado esperando para besarme y se había roto su muy delgado y débil hilo de control.

Me gustaba esa idea, de mí destruyendo su control. No podía esperar a ver lo siguiente que iba a pasar.

Y no solo con el Ashe alto y sexy, sino también con Sam. Sólido y tentador, su beso fue tan diferente al de su amigo. Igualmente ansioso, él se hundió en el beso, en la sensación de mí estando en sus brazos. Lamió dentro de mí, explorando, aprendiendo, sus manos manteniéndome cerca como si un beso a Sam era toda una experiencia corporal.

Había estado con hombres antes, pero nada como estos dos. Me sentía...segura. Y a pesar de que no había estado pensando en mi seguridad cuando sus lenguas estaban en mi boca, subconscientemente sabía que estaba bien, que estar con ellos era algo bueno. Puede que yo solo haya ligado con dos hombres en un bar, pero era *más*.

Lo percibía, lo sentía en cada fibra de mi ser. La química, la conexión, era profunda. Significativa. Yo tenía una amiga que me había dicho que ella supo en una primera cita con un chico que se iba a casar con él. Un extraño para ella, y aun así, fue positiva. Y había sido cierto. Cinco años y dos hijos después ellos seguían tan sólidos como una roca.

Yo no estaba considerando el matrimonio con Ashe y Sam —¡una locura! Pero sabía que cuando me guiaran por todo el vestíbulo y hacia el primer ascensor disponible—vacío—esto era lo que debía hacer. Necesitaba hacerlo, estar con ellos. Cuando Ashe se volvió hacia mí y me presionó otra vez contra la pared, suspiré. Revelada en la sensación de él. Sentí cada centímetro duro de él, algunos lugares *extra* duros. Y gruesos. Y largos. Dios, su pene era grande. Realmente grande.

Una punzada de...algo me hizo tomar una pausa. Mi mente había estado llena de pensamientos sobre ellos, pero ¿qué pensaron de mí? ¿Pensaban que era una zorra por irme con ellos? "Yo... yo no hago esto", admití.

"¿Montarte en un ascensor?", preguntó Ashe.

Mi cabeza estaba inclinada hacia atrás para encontrarme con sus ojos y vi humor ahí. Su mirada verde se oscureció y, así de cerca, pude ver manchas de marrón color whiskey.

"No, ligar con un hombre. Bueno, nunca antes había ligado con dos", admití.

Él deslizó la yema de un dedo por mi mejilla, por todo mi cuello, su mirada siguiendo el movimiento.

"Y, nunca antes había ido a un hotel con alguien", añadí, dejándolo claro para que supieran que esta era una primera vez.

Las puertas se abrieron y Ashe dio un paso atrás. Sam dirigió el camino, abrió la puerta de su habitación y en segundos estaba adentro, la puerta cerrándose con un chasquido detrás de él.

Sonó un interruptor y se encendió una lámpara. Luces tenues llenaron la habitación. La vista de las ventanas de pared a pared era impresionante. Toda la ciudad expuesta delante de nosotros desde este piso. Caminé hacia esta, miré fijamente. La vista era de tono negro con puntos de luces de colores por todos lados. Bajando la mirada, bastante hacia abajo, los carros se movían por toda la calle, las personas caminaban por la escalera. Estaba tranquilo aquí. Como un retiro del mundo.

Sentí a uno de ellos acercarse, pero no me tocó. "Apaga tu teléfono, Natalie. Envíale un mensaje a una amiga. Hazle saber dónde estás".

Me volví, miré a Sam. Ni siquiera había pensado en eso, en mi seguridad más que en la sensación en las tripas de que estos dos no eran peligrosos. Puede que ellos rompieran mi corazón, pero no me lastimarían. Sus palabras probaban que estaban pensando en mí, en lo que era mejor. Saqué mi teléfono de mi cartera, luego le escribí a una amiga, probablemente la única que entendería por qué le estaba enviando una nota con el nombre del hotel y el número de la habitación, la que no me juzgaría por hacer algo tan…loco. Locura buena, no del tipo de saltar de un puente. Mientras mis dedos volaban por la pantalla, Sam compartió su nombre completo al igual que Ashe, lo cual añadí a mi mensaje.

Después de que presioné enviar, lo miré, asentí.

"Buena chica". Él se acercó y me quitó el teléfono, también mi cartera, y los colocó sobre la mesa del televisor. "Estamos contentos de que estés aquí, pero necesitas sentirte a salvo, de que no te vamos a hacer nada a ti—contigo—que tú no quieras".

"Eso es cierto, cariño", añadió Ashe, llevándose las manos a sus caderas angostas. Había algo sobre un chico en una camisa de vestir. Los botones, el cuello abierto. Lo casual de esto con pantalones vaqueros. Quizás era pensar que más temprano tenían trajes puestos y se los habían quitado. Con las mangas enrolladas hacia arriba, era como si ahora ellos tenían todo el tiempo del mundo para, bueno...para mí. "Podemos solo hablar. Ordenar servicio a la habitación. Conocernos el uno al otro".

Miré alrededor, observé el espacio. Sam dio un paso atrás para dejarme preguntármelo, tener todo en cuenta. No era una habitación de hotel típica. Sam había dicho afuera en la calle que era una suite. Estábamos en un área de sala, un sofá enfrente de una televisión de pantalla plana sobre una pared, dos sillas cómodas a cada lado. Una banqueta con copete grande era usada como mesita de café. También había una pequeña mesa de comedor y sillas, una pequeña cocina. A cada lado de la sala había una puerta que asumía que iba a una habitación, una para cada uno de ellos. Ni siquiera sabía qué hacían ellos para permitirse semejante habitación.

"Ustedes son de las afueras de la ciudad", dije por encima de mi hombro, afirmando lo obvio y cambiando el tema de conversación. Aunque ellos podían ser locales que habían conseguido una habitación de hotel y escogido a una chica en un bar para una noche de diversión. Ellos no tenían ni el rastro del acento de Boston, pero eso ya no significaba mucho.

"Eso es cierto. Montana", dijo Ashe. "Estamos en la ciudad por trabajo. Podemos hablar de eso si quieres, o—"

Giré, los encaré. Ellos no se habían movido, las manos de Ashe seguían sobre sus caderas. Ellos eran *tan* masculinos. La necesidad que tenía por ellos era casi visceral, como si mis células reconocieran las suyas. ¿Genes neandertales? ¿Cavernícolas? ¿Ellos simplemente me habían arrastrado a su cueva, pero con la versión de los tiempos modernos? ¿Yo deseaba esto? ¿A ellos?

Si decía que me quería ir, sabía que ellos me abrirían la puerta, incluso llamarían el ascensor a su piso. Podíamos sentarnos en el sofá y hablar. Pero pudimos haber hecho eso en el bar. Yo no quería una ventana de vamos a conocernos.

Porque a pesar de que yo *no sabía* nada sobre ellos, sabía *de* ellos. Del tipo de hombres que eran, en lo que podíamos hacer juntos, cómo sería. Cómo se *sentiría*.

Quería eso. Sin inhibiciones. Mi corazón se aceleró, mi respiración estaba entrecortada, como si hubiese corrido por las escaleras hasta el último piso. Anhelaba sus labios sobre los míos otra vez, sus manos tocándome. Quería *sentir*.

"Quiero el o", dije.

Sus ojos se estrecharon, se pusieron calientes instantáneamente, todo de una vez, me sentí como una presa. Ellos se acercaron lentamente.

"El o, ¿huh? Está bien. Así es como va a pasar esto, cariño". Ashe me tocó primero, su mano deslizándose por mi brazo hacia arriba y abajo, la caricia suave, pero se me puso la piel de gallina. Mirándolos a ellos, Sam fue hacia el termostato en la pared, luego regresó.

"Te vamos a sacar de este lindo vestido y vamos a ver lo que hay debajo. ¿Lencería delicada, quizás? Estoy pensando en negro".

"No", dijo Sam, negando lentamente con la cabeza, su mirada acalorada recorriéndome toda como si tuviera visión de rayos-x de Superman. "Satén. Rosado".

Los dos estaban equivocados, pero no les iba a decir eso. Ellos lo descubrirían dentro de poco.

"Apuesto a que estás bien húmeda para nosotros", continuó Ashe. "Que esas bragas, cualquiera que sea el color, están arruinadas".

Sentí mis mejillas acalorarse mientras asentía.

Sam sonrió, luego se pasó las manos a través de sus pantalones. "Buena chica, porque mi pene nunca había estado tan duro".

"Esta primera vez va a ser rápida", añadió Ashe, terminando la charla al cubrir mi rostro con sus manos y besarme. Sí, *sí*, esto era tan bueno. La sensación de sus manos me calentaba. También lo hacía su beso. Ya no estaba fría. Sentí la necesidad reprimida, la excitación hirviendo a fuego lento del cuerpo de Ashe, en la forma en que me besaba. Era como si él hubiese cruzado un desierto y yo era su primera señal de agua.

Sentí las manos de Sam sobre mi hombro, en mi columna, el tirón del cierre y el desliz mientras separaba mi vestido. El aire frío acariciaba la piel que estaba exponiendo lentamente. Manos regresaron a mis hombros y deslizaron la tela hacia afuera. Se detuvo en mis muñecas, luego se deslizó silenciosamente para deslizarse sobre mis pies. Todo el rato Ashe siguió besándome.

"Maldición, cariño", murmuró Sam. Gemí cuando la palma de su mano se curvó alrededor de mi cadera antes de cubrir mi trasero. "Blanco".

Ashe se separó y bajó la mirada, apreció lo que había revelado Sam. "Preciosa. ¿Eres virgen, cariño?"

La boca se me cayó de sorpresa ante la pregunta. "Estoy en una habitación de hotel con dos chicos. No muy virginal de mi parte".

Los labios de Sam se instalaron en mi hombro desnudo, hizo un camino de besos hasta donde se unía con mi cuello. Doblé mi cabeza para darle mejor acceso. "Unos amigos nuestros conocieron a su mujer y la reclamaron—su virginidad también—la primera noche que estuvieron juntos".

"¿Amigos?", pregunté. ¿Lo había escuchado bien? ¿Amigos, en plural?

Los dientes de Sam mordieron mi piel suavemente, luego sacó su lengua, la apaciguó. "Jamison y Boone. Una mirada a Penny y estaban acabados. Resulta que ella había guardado su cereza solo para ellos".

La idea de tener mi primera vez con Ashe y Sam parecía atractiva. Estaba segura de que ellos lo hubiesen hecho mucho mejor que Jimmy García en mi dormitorio de primer año.

"Lo siento, no es mi primera vez". Tampoco creía que esta fuera su primera vez.

"Es tu primera vez con nosotros. Y, cariño, es tu *última* primera vez".

Fruncí el ceño, pero Ashe continuó.

"Después de todas las cosas sucias que te vamos a hacer esta noche, no vas a usar nada blanco nunca más".

Después de eso, parecía que ellos habían terminado de hablar porque las manos de Ashe cubrieron mis senos y la mano de Sam se deslizó alrededor del frente de mi vejiga, luego más abajo, metiéndose debajo del borde de mis bragas de encaje.

Cuando sus dedos se deslizaron sobre mí, gimió. Pero no se detuvo, sus dedos penetrándome justo dentro, bien profundo.

Jadeé, me puse de puntillas.

"Ajustada. Caliente. Húmeda. Perfecta", murmuró él.

El broche frontal de mi sujetador fue un trabajo fácil para Ashe, los tirantes cayendo por mis brazos, luego hacia el piso también.

"Perfecta", murmuró Ashe.

Mi cabeza se tumbó hacia atrás al hombro de Sam mientras me follaba con sus dedos lentamente. Adentro, casi afuera, adentro de nuevo. El sonido de nuestras respiraciones entrecortadas, el deslizamiento húmedo de sus dedos era todo lo que podía escuchar. Estaba acogida y protegida entre ellos.

"Por favor".

"Ah, suplicas tan dulce". Sam sacó sus dedos de mí, los levantó a su boca y los lamió hasta que quedaron limpios. Miré por encima de mi hombro, observándolo hacerlo. "Tú sabes tan dulce. Demonios, Ashe, tienes que probar esto".

"Con mucho gusto", respondió él poniéndose de rodillas delante de mí y poniendo su cara justo...ahí. A través de las bragas delgadas me empujó con su nariz. Su aliento cálido avivó mi piel sensible y gemí. Mi clítoris ansioso, inflamado.

Enganchando sus dedos en la banda de la cintura, sacó las bragas delicadas por mis caderas. Me quedé de pie con solo mis tacones mientras ellos seguían completamente vestidos.

"Yo también quiero verlos", dije, bajando la mirada hacia Ashe.

"Cariño, mi pene se queda dentro de mis pantalones hasta que sea hora de follarte. De cualquier otra forma, me vendré como un adolescente cachondo por todas esas preciosas tetas". Él sonrió, pero se desvaneció cuando vio mi vagina por primera vez.

Me retorcí, pero los brazos de Sam se acercaron a mí, cubrieron mis senos desde atrás. Sentí su calor presionándome de cerca, sus músculos duros, y su pene duro contra mi trasero. Realmente nunca había pensado que era tan atractiva *ahí abajo*, pero por la forma en que Ashe estaba mirando me hizo creer que él se sentía de otra manera. Era como si él nunca antes hubiese visto una vagina, o mi vagina era la más increíble a la que él le había puesto los ojos encima.

Acercándose detrás de mi rodilla, la enganchó y la levantó sobre su hombro. El agarre de Sam me mantuvo bien balanceada. "Tú te vendrás primero, después te follaremos".

"Pensé que habían dicho que iba a ser rápido", suspiré. Con él merodeando justo delante de mi vagina, apreté mis paredes internas, ansiosa con anticipación.

Él levantó la mirada hacia mí entre mis piernas. "Oh, cariño, tú te vas a venir realmente rápido".

Y entonces su boca estaba ahí, su lengua *ahí*. Su dedo bien profundo... *AHÍ*. Entre Sam amasando mis senos y sus dedos pellizcando y halando mis pezones y las atenciones de Ashe más abajo, pasé de cero a sesenta en cuestión de, bueno, sesenta segundos.

Mis dedos se enredaron en el cabello de Ashe, mi tacón se enganchó en su espalda mientras yo me ponía más y más caliente y...uau. Placer blanco y caliente me tenía jadeando, mis caderas curvándose y montando su cara. "Sí, dios, sí".

Ashe continuó lamiendo mientras me venía con el orgasmo increíble, y cuando se separó y me volvió a mirar—bueno, cuando yo abrí los ojos y bajé la mirada hacia él—estaba sonriendo, bastante orgulloso de sí mismo. Sus labios brillaban. "Ese es uno".

Oh, dios, ellos me iban a matar con orgasmos. Mis huesos se habían derretido por el placer, mis dedos hormigueaban, mi piel mojada de sudor. Era algo bueno que Sam tuviera sus brazos a mi alrededor porque eso era todo lo que me estaba sosteniendo.

Ashe bajó mi pierna luego se impulsó para ponerse de pie, comenzó a abrir los botones de su camisa. No pude ojear la piel expuesta por mucho tiempo porque Sam me giró para que lo mirara, luego me besó.

No tenía idea de por cuanto tiempo nos besamos, pero las palabras de Ashe cortaron la niebla espesa de mi cerebro. Un orgasmo no era suficiente para mi cuerpo. Todavía zumbaba de deseo y la boca de Sam sobre la mía, sus manos recorriéndome, tenían mi necesidad regresando por más.

"Ven aquí, cariño", llamó Ashe desde detrás de mí. "Toma mi pene para que lo montes".

Sam levantó su cabeza, sonrió. "Mejor apúrate. Estoy bastante seguro de que él quiere venirse bien profundo en esa vagina ajustada tuya, no en su mano".

Dándome vuelta, vi a Ashe colocándose un condón en su muy grande, muy largo, *muy* largo pene. Él se había deshecho de su camisa, zapatos y medias y permanecía solo en sus pantalones, los cuales había abierto y lanzado hacia abajo para liberarse. Fue una de las cosas más calientes que haya visto alguna vez. Un hombre en solo vaqueros y músculos instalado en un sofá, con las piernas separadas, con un pene generoso en su mano.

Me miró, torció un dedo.

Crucé hacia él, puse una rodilla en el sofá y monté su regazo. Cernida sobre él, mis senos estaban justo al nivel de sus ojos y él se aprovechó. Cubriendo mi trasero se inclinó hacia adelante y tomó uno de mis pezones dentro de su boca. Me atrajo en largos tirones y lo sentí como una chispa directa en mi clítoris.

"Por favor", suspiré otra vez. Puede que me acabara de venir, pero había estado vacía y ahora quería ese pene bien profundo dentro de mí. Llenándome, aliviando el dolor. El vacío.

Se retiró, me ayudó a instalarme encima de él, luego me bajó lentamente. Sus ojos se encontraron con los míos, sostenidos, mientras jadeaba. Completamente dentro de mí, meneé mis caderas, apreté y me retorcí para ajustarme a él. Estaba abierta, llenada profundo. Él era tan grande. Estaba húmeda y preparada, pero tomar un pene como el suyo no era fácil.

"Jodidamente perfecta", murmuró él, recostándose contra la parte posterior del sofá. Inclinó su cabeza hacia atrás, observó. Cómo una mirada verde podía estar acalorada, no tenía idea. Pero había sentido esa barba en el interior de mis muslos, esa boca tan perversa y hábil en mi clítoris. "Cuando estés lista, fóllate sobre mí".

Con sus manos fijas en mis caderas, me levanté y bajé, encontrando un ritmo. Él golpeaba cada punto caliente dentro de mí y mis ojos se cerraron, yendo a donde se sentía bien. Me moví como hacía sentir más caliente. Rocé mi clítoris para hacerme venir.

"Mírala, tan hermosa. Tan jodidamente ardiente", escuché decir a Sam. "¿Te gusta saber que estoy observándote follar a Ashe? Puedo ver cómo su pene se inflama por esa vagina goteante. No puedo pasar por alto la forma en que rebotan tus tetas, en que tus pezones se ponen bien duros".

Sam continuó con la charla sucia y eso solo me puso más caliente. Era alucinante, oscura y sucia, tener a otro hombre mirar mientras montaba a su amigo. Mis manos fueron a los hombros desnudos de Ashe y él empezó a ayudarme, levantándome y bajándome, más rápido y fuerte hasta que mi cabeza cayó hacia atrás y me vine por todo él. Ashe tomó el mando, embistiendo sus caderas arriba hacia mí mientras yo montaba las ondas de placer hirviendo. Lo sentí hincharse dentro de mí, sus movimientos tornándose de suave a fuerte y rústico como si sus necesidades básicas tomaran el control *finalmente*. Folló dentro de mí hasta que se enterró profundo una última vez, se quedó inmóvil y gimió.

"Mi turno, chica hermosa", dijo Sam besando mi espalda mientras yo me tumbaba contra el pecho de Ashe. Podía sentir el latido de su corazón, podía respirar su aroma almizclado y masculino.

Después de un minuto Ashe me sostuvo. Abrí los ojos, le sonreí.

"Es el turno de Sam", replicó Ashe, los bordes duros que había visto en su rostro ahora se habían ido.

Asentí con la cabeza, sabiendo que estaban lejos de haber terminado. También quería Sam. Dos orgasmos y quería más. Los quería a los dos. Sin estar también con Sam, esta noche estaría incompleta. Quería lo que ofrecían los dos, tan diferentes como eran.

Las manos de Sam se enrollaron alrededor de mi cintura y me levantó del pene de Ashe cuidadosamente, sacándome. Siseé mientras fui girada y lanzada sobre el hombro de Sam. Me reí mientras el mundo se puso de cabeza. La mano de Sam se acercó a mi trasero en un ligero azote mientras caminaba por toda la sala hacia uno de los dormitorios. Salté cuando me lanzó a la cama.

Observé a Sam desnudarse mientras me apoyaba sobre mis codos. Su cuerpo era sólido y musculoso, bronceado y tonificado. Hermoso. Y ese pene, el tono ciruela oscuro, la cabeza ancha con la gota de líquido pre seminal en la punta, la longitud. Me lamí los labios.

Él debe haber visto a donde estaba mirando porque dijo: "Oh, cariño, puedes chuparme más tarde".

Ashe entró a la habitación, sacó su mano y le dio un paquete de aluminio a Sam. Ashe debe haberse deshecho del suyo usado, luego se subió sus pantalones pero dejó el botón abierto. Lucía despeinado, bien follado. Viril.

"Gracias", dijo Sam, solo apartando la mirada de mí el tiempo suficiente para protegernos a ambos. "Esos fueron dos, cariño. ¿Lista para el orgasmo número tres?"

No me dio la oportunidad de responder porque se abalanzó y después no hubo más palabras excepto 'dios' y 'sí' y 'más duro'.

4

ASHE

"Me estás poniendo sucia otra vez", dijo Natalie, su espalda presionada contra la pared de la ducha.

Mi mano estaba entre sus piernas, sintiendo su humedad en su carne suave y tibia, y no era por la corriente caliente cayendo sobre nosotros. Introduje mis dedos dentro de su vagina cuidadosamente, sentí su calor apretado. Jodidamente perfecto. Habíamos estado toda la noche dentro de ella y me había imaginado que estaría inflamada. Natalie se había salido de la cama temprano para ducharse. Como si hubiese podido seguir durmiendo con ella dejándome; de ninguna jodida manera. Había movido la cortina blanca del baño y me había unido a ella, sin poder ser capaz de mantener la distancia o mis manos lejos de ella. Sam estaba dormido en la otra habitación de la suite, pero sabía que una vez se levantara, también iba a querer otro turno. No habíamos terminado con ella, no nunca.

Mi pene estaba duro, no se iba a bajar incluso después de follarla dos veces. Tuve que asumir que Sam se despertaría de la misma manera. Jodidamente cachondo. Solo habíamos llevado a cabo la primera parte de mi lista de fantasías con ella. Tomaría años...décadas, para terminarla toda, y entonces lo haríamos todo otra vez. Y otra vez.

Sonreí mientras cubría su seno. No podía tener suficiente de ellos. Eran pequeños, firmes y estaban coronados con pequeños pezones de color coral que se apretaban tan hermosamente. Eran muy sensibles y cuando le daba un pequeño tirón a uno, sentía el apretón de respuesta alrededor de mi dedo profundo dentro de ella.

"Creo que la noche anterior descubrimos que eres una chica perversa".

Sus ojos se cerraron mientras encontraba la pequeña cresta en su pared interna que la hacía arquear su espalda, sus ojos cerrarse. Sabía justo cómo presionar, curvar mi dedo alrededor de su punto G para hacer que se viniera. Pero todavía no. La quería sobre mi pene cuando hiciera eso. Amaba sentir su orgasmo, la forma en que sus paredes ordeñaban el semen de mis pelotas antes de que me dejara ir, llenar el condón.

Desearía que no hubiera barrera entre nosotros cuando la llenaba, que pudiese estar en ella desnudo, su miel pegajosa cubriendo mi pene como cubría mis dedos, que mi semen la pudiera marcar por dentro y por fuera. Pero todavía no. Conocía su cuerpo, pero una conversación acerca del control de embarazo tenía que suceder antes de que nos deshiciéramos de los condones. Y confiar. Yo estaba limpio, Sam también lo estaba, pero a pesar de que yo estaba dirigiendo su placer, ella era la que estaba a cargo. Ella nos estaba dando el privilegio de su cuerpo y ella decía cómo. Ella decía cuándo. Ella decía desnudos, y solo entonces nosotros la marcaríamos como nuestra.

"¿Sucia? Solo *contigo*", respondió ella, su cuello arqueándose, exponiendo esa columna larga de piel pálida. Y Sam".

Me incliné, lamí el agua de su piel, besé el camino de su mandíbula a su boca.

"Mmm", murmuró ella mientras continuaba provocando su vagina. Provocándola a *ella*. "Me he divertido con ustedes chicos".

¿Diversión? Esa no era la palabra que yo usaría. Increíble. Locura. Increíble. Devastador, porque la vida antes de conocer esto, mi vida antes de la noche anterior, antes de Natalie, se había terminado.

No había vuelta atrás, y yo no quería hacerlo. La quería a ella en mi vida, en mi cama, en mi ducha, demonios, quería estar dentro de su vagina por siempre.

"Estoy seguro de que puedo hablar por Sam y decir que nosotros también. Esto no se tiene que terminar". Esperé que ella abriera los ojos. "No quiero que se termine".

Su mirada excitada se encontró con la mía. "Va a terminar. Ustedes se van".

Curvé mi dedo. "Y tú te vas a venir".

"¿Venir? ¿A dónde? ¿A Montana?", suspiró mientras tocaba su punto G con un poco más de presión.

"En mis dedos"—me salí y puse un segundo dedo a unirse con el primero dentro de su calor pegajoso—"y a Montana".

Frunció el ceño, pero jadeó cuando pellizqué en el punto donde se unen su hombro y su cuello. Sus dedos se enredaron en mi cabello mojado. "Por favor, me quiero venir", ella gimió mientras la llevé más cerca del borde.

"Sí, señora", dije, trabajando en ella hasta que se vino en mis dedos, su grito de placer rebotando por las paredes del baño. Mirarla mientras lo hacía era la vista más hermosa. Salvaje, abandonada, completamente desinhibida y abierta. Expuesta. La verdadera Natalie estaba revelada, y solo para Sam y para mí. Y en este momento, con los sonidos de su placer rebotando por las pareces pegajosas, toda mía. *Mía*.

Me resbalé de ella cuando se desplomó contra la pared, una pequeña sonrisa en sus labios. Con una mano en su cintura la sostuve porque parecía que sus rodillas estaban un poco temblorosas. Decir que estaba orgulloso de que la había puesto toda marchita y preciosa era un eufemismo. Ella solo hacía que mi ego creciera... al igual que mi pene.

Quería follarla, pero no había traído un condón al baño. No importaba. Mi pene podía esperar, aunque este no estaba feliz al respecto.

"¿Qué es eso de Montana?", preguntó mientras yo agarraba el jabón, empecé a derramarlo por toda ella. Demonios, ¿el cuerpo perfecto de Natalie mojado chorreando y pegajoso con espuma? Esto se estaba colocando en la parte de arriba de mi banco de fantasías.

Mantuve mis ojos sobre su cuerpo mientras hablaba. "Este no era el lugar para decirte esto, la ducha, quiero decir, pero nosotros estamos aquí para decirte que has heredado un rancho en Montana".

Se endureció y sus manos agarraron mis muñecas, inmovilizando mis movimientos. "¿Qué?"

La miré, vi la confusión en sus ojos. Todo el deseo se había apartado, como si por la ducha caliente que caía sobre nosotros.

"Tu padre, Aiden Steele, te dejó parte de su patrimonio", aclaré.

Frunció el ceño. "¿Mi padre?"

Ella deslizó la cortina del baño hacia atrás, el movimiento del metal ruidoso. Agarrando una toalla se la enrolló encima, sin tomarse el tiempo de secar su cuerpo o su cabello.

Mierda. Arruiné esto. No tenía idea de lo que su madre le había dicho sobre Aiden Steele. Por la información que habíamos recaudado, sabíamos que la mamá de Natalie había fallecido de un aneurisma hace tres años, así que si lo había mantenido en secreto, se había muerto con ella. Su madre se había casado cuando Natalie tenía cinco años, así que era posible que ella pensara que ese hombre de verdad era su padre. Por la forma en que Natalie estaba respondiendo, no tenía idea de lo que ella sabía. Yo *sí* sabía que no había hecho esto bien. Sam me iba a matar.

Me acerqué y apagué el agua. Para el momento en que salí y agarré la toalla, ella estaba afuera de la puerta, el aire frío metiéndose.

La encontré por la ventana de la habitación, mirando la vista. Había halado las cortinas hacia atrás lo suficiente para ver, dejando entrar una franja brillante de la luz de la mañana.

"¿Qué sabes sobre tu padre?", pregunté. El aire acondicionado enfrió mi piel húmeda, pero no me importó una mierda. Me preocupé por Natalie.

Ella no se volvió para mirarme. Su cabello estaba más oscuro por la humedad y goteaba por sus hombros, incluso hacia el suelo detrás de ella. Tan hermosa, tan cerca, aunque intocable.

"Él murió", finalmente dijo ella. "Hace mucho tiempo".

"¿Eso es lo que te dijo tu madre?"

Me miró por encima de su hombro. "Sí. ¿Estás diciendo que heredé un rancho de alguien que murió hace más de veinte años?"

Negué con la cabeza lentamente. Procedí con cautela, como si ella fuera una yegua asustada. "Él murió el año pasado".

Volteándose completamente hacia mí, se cruzó los brazos por encima de su pecho, el ligero volumen de sus senos elevándose por el borde de la toalla blanca. Era difícil ver su expresión a contraluz. "Creo que necesitas empezar desde el comienzo".

"Déjame traer a Sam aquí". Caminé hacia la puerta de la habitación, la abrí y lo llamé.

Él vino en alrededor de un minuto, solo teniendo tiempo para ponerse un par de pantalones. "¿Qué pasa?", preguntó él, su voz ronca por el sueño. Notó a Natalie en su toalla y sonrió, caminó hacia ella para besarla, asumí. Ella levantó la mano, lo detuvo. Si él no veía su mano, su sola expresión lo hubiese detenido. "Ashe iba a hablarme sobre mi padre. La herencia".

Todo el jugueteo se cayó de su cara. "Ya veo". Me miró como tratando de evaluar la situación, pero finalmente asintió.

Fui hacia el armario, agarré la bata blanca del perchero y se la tendí a Natalie. "Tienes frío".

Mientras se enrollaba en ella, sin dejar caer la toalla para hacerlo hasta que estuviera cubierta, supe que estábamos en grandes problemas. Mientras se amarraba el cinturón en un nudo feroz, cualquier posibilidad de otra ronda de sexo salvaje estaba definitivamente acabada. A pesar de que estaba desnuda debajo, pudo haber sido un traje de nieve completo que llevaba. No íbamos a ver nada de ella en ningún momento pronto.

Solo tenía que esperar que no todo estuviera acabado.

Me senté en el borde de la cama y le conté todo. Cómo había muerto Aiden Steele y les había dejado su rancho a sus cinco hijas. Cuatro habían sido encontradas y ahora vivían en Barlow, pero ella era la última. Mientras compartía, ella caminaba por la habitación, escuchando atentamente.

"¿Ustedes son, qué, investigadores?", preguntó ella finalmente.

Sam asintió. "Fuimos contratados por el abogado del estado para encontrarte".

"¿Y ustedes tenían que hacer una búsqueda corporal completa para confirmar que yo soy la última hermana Steele?" A pesar de que su tono era sarcástico, estaba seria.

Sam levantó sus manos hacia arriba. "Cariño, no es así y lo sabes. Lo que compartimos—"

"¿Lo que compartimos? ¿Qué es lo que compartimos? ¿Ustedes son así de rigurosos con todos sus clientes?"

"Eso es un golpe bajo", le dije. "Creo que nos conoces lo suficiente para darte cuenta de que nosotros no somos así".

Ella golpeó la alfombra con su pie descalzo. "¿Ah sí? ¿Yo descubrí que tengo un padre que pensé que había muerto hace más de veinte años de dos hombres con los que tuve un rollo de una noche y tú crees que yo soy la única que está lanzando golpes bajos?"

Se señaló a sí misma. Sus mejillas estaban ruborizadas y estaba furiosa. Mierda. *Mierda*.

"Obtuvieron lo que querían, follarme. ¿Por qué lanzar esas mentiras ahora? Ustedes simplemente podrían decirme que me marche".

"Cariño", dijo Sam, la única palabra suave.

Estrechó sus ojos, lo señaló. "No me digas cariño".

"No queremos que te vayas. Es solo eso. Queremos que te quedes. La noche de ayer fue...increíble. Tú lo eres para nosotros".

Se rio, negó con la cabeza, cerró los ojos como para bloquearnos. "¿Lo? Cierto. Miren, yo solo me iré. Eso es lo que quieren, ¿cierto? Nada de despedidas pegajosas, nada de enviar mensajes o perseguir. Nada de mujer equivocada queriendo más".

Pisoteó hacia la sala y la seguimos. Me senté en el brazo del sofá mientras Sam iba a su habitación. Ella agarró su vestido del suelo, se salió de la bata y se metió en este, poniéndoselo por encima de su cuerpo desnudo. Sam regresó en el momento en que ella se subió el cierre en la parte posterior de su cuello. Yo hubiese ayudado, pero no me atrevía a acercarme a ella.

"Aquí". Le extendió su archivo, sus papeles. Por el grosor podía decir que eso era todo, no solo los detalles sobre la herencia que había escrito Riley, sino la información de ella que habíamos reunido. "Esto es todo".

Se quedó mirando a la carpeta y fue obvio que pensó que le estábamos diciendo la verdad por primera vez.

"Riley Townsend es el albacea del estado. Su información está en la primera página. Llámalo".

"Pero...espera". Bajó la mirada a la carpeta, sumida en pensamientos. Fue hacia sus tacones a ciegas, los agarró.

Sam me ofreció una mirada y permanecimos quietos, la dejamos pensar. Él todavía sostenía la carpeta.

"Lo que sea que esté en esa carpeta es una cosa. Pero ustedes ligaron conmigo *sabiendo* todo esto".

"Anoche intenté decírtelo", dije. Ella nos había preguntado por qué estábamos en la ciudad y yo me ofrecí a decirle, pero ella me calló. Y después olvidé todo porque no había estado pensando con mi cabeza grande. Solo con la chiquita.

Y mira a donde nos ha llevado eso.

Sus ojos se estrecharon otra vez. "Tú lo intestaste. ¿Tú lo *intentaste*? ¿Por qué no lo volviste a intentar?"

Mierda, me di cuenta de que había sonado a la defensiva intentando devolverle esto a ella. No dudaba por qué todavía seguíamos jodidamente solteros.

"Esto es un asunto grave. ¡Ustedes me estaban *siguiendo*! Acosándome, incluso. Quiero decir, ustedes fueron al restaurante, no a mi casa o a mi trabajo. Ustedes ni siquiera me *llamaron*. Dios, eso es incluso más espeluznante que Alan".

Asumía que Alan era su jefe, y a regañadientes, probablemente ella tenía razón. No ayudó la sensación en las tripas, especialmente cuando nosotros mismos habíamos traído esto.

"Una mirada, cariño, y nos arruinaste".

"Sí, bueno, ustedes también me arruinaron", respondió ella. Su voz se quebró un poco, pero su columna estaba como un maldito acero. Sí, ella era una hija Steele. Y no solo la follamos, sino que también lo jodimos.

Balanceándose en un solo pie, se puso su tacón, luego el otro. Se acercó y le quitó la carpeta a Sam, luego agarró su cartera y portafolio.

Me puse de pie entonces. "Espera, no te vas a ir".

Se volvió y me miró. Si las miradas mataran, yo estaría muerto. Tan muerto.

"Obsérvame".

Se dirigió a la puerta en su vestido de día y sus tacones, su cabello todo cuerdas mojadas sobre sus hombros. Sin maquillaje, sin ropa interior.

La abrió y salió disparada, haciendo vibrar el metal pesado detrás de ella.

Llevándome una mano al rostro comencé a maldecir. La única mujer que queríamos en nuestra vida simplemente se había marchado. La forzamos hacia el camino de la vergüenza, lo cual era como una patada en las pelotas para machos alfa como nosotros. No le hacíamos eso a una mujer, y menos a Natalie. Mierda, ella no. La habíamos lastimado más profundo de lo que podía imaginarme.

Y ahora se había ido. Fuera de nuestras vidas, todas las posibilidades de algo más estaban completamente acabadas. Muertas. Y eso había sido nuestra culpa.

5

Natalie

Montana no era lo que yo esperaba. Bueno, yo esperaba que fuese frío, pero era *frío*. F.R.Í.O. Y era abril. Boston era frío, incluso nevaba ocasionalmente en esta época del año, pero había algún tipo de pedazo templado que no me había esperado. Quizás era el viento que parecía no dejar de soplar porque no había ningunos árboles que lo detuvieran. En mi prisa por marcharme, no había empacado un abrigo pesado, así que estaba usando el único que compré en la tienda de ropa de la Calle Principal en Barlow. Era realmente cómodo con montones de vuelos hacia abajo, pero la mujer de la tienda también me vendió un sombrero, guantes y zapatos resistentes. Como botas de vaquera. Aunque no había estado preparada cuando me bajé del avión cuatro horas más temprano, ahora estaba más que preparada, pero al menos sintiéndome como que estaba combinada.

No lo estaba. No del todo. Nunca había estado más allá del Río Mississippi y nunca había visto una montaña de verdad. Las montañas de Massachusetts no contaban. Ahora me rodeaban en mi pequeño auto rentado. A donde quiera que miraba, pradera, todavía marrón por el invierno, manchas de nieve salpicando el paisaje. En la distancia, la canción *América, La Hermosa*, estaban bien. Majestad de las montañas púrpura.

Era hermoso. Y helado.

Habían pasado tres días desde que salí disparada de la habitación de hotel de Sam y Ashe. Estaba tan furiosa, tan abrumada, que me había olvidado de dónde había estacionado mi auto y tuve que buscar en dos niveles del estacionamiento antes de encontrarlo. Si alguien notó mi cabello húmedo, fueron inteligentes en no comentar nada al respecto.

Me había ido a casa echando humo. Y odiaba a los hombres, a dos en particular. ¡Cómo se atrevieron a no decirme que ello había sido un trabajo para ellos! Cómo se atrevieron a no decirme en el segundo que me vieron que mi madre me había mentido y que mi padre había estado vivo por años y años. Él incluso había vivido más que ella.

Yo nunca había sido cercana a Peter, mi padrastro, así que no podía estar segura si él sabía sobre Aiden Steele específicamente. Él tenía que saber que mi madre había estado con *alguien*. Yo lucía justo como ella; no salí de un huerto de coles. A pesar de que no nos caíamos mal el uno al otro, Peter no era del tipo de chico que iba a lanzar este tipo de bomba. Si yo no sabía sobre mi padre, entonces era posible que él tampoco supiera.

No era justo para él compartir detalles de los que yo no sabía ni entendía. Eventualmente le diría, pero no en este momento. Era lo mismo con mis amigas. Como le escribí a Cara, mi vecina y amiga, mi ubicación ante la insistencia de Sam, tuve que darle los detalles sucios de mi rollo de una noche, pero eso fue todo lo que le conté. Y solo mencioné a un chico, no a dos.

Estaba avergonzada, mortificada y confundida. Así que llamé a la única persona que podía ayudarme—sin querer estrangularlo o saltar encima de él. Riley Townsend. Como había dicho Sam, la información de contacto del abogado había estado al principio de los papeles de la carpeta. Después de leer los detalles—la mayoría de los cuales eran sobre mí— tuve una larga charla con el hombre.

Y después de suplicarle que lo mantuviera en secreto, me metí en la web y reservé un vuelo a Montana. Tener el tiempo libre había sido fácil. No era como si Alan hubiese sido capaz de oponerse a mi petición después de que casi le rompo los dedos. Había estado bajo perfil, como si no hubiese pasado nada más allá de una reunión con un cliente, pero inmediatamente firmó mi extensión de las vacaciones.

Ahora escuchaba a mi GPS diciéndome que cruzara en medio kilómetro cuando llegara al norte al final del pueblo. Pequeño. Tan pequeño que quizás habían tres semáforos. Boston, con su ridículo tráfico, estaba a años luz de distancia. Pero Barlow era lindo. Pintoresco. Las personas eran amables. Relajadas. Saludaban al pasarme por la carretera. El hecho de que estaba reconociendo que esas personas eran *amables* significaba que necesitaba reconsiderar el lugar donde vivía.

Montana. ¿Podía vivir aquí? Mientras encendía mis luces de cruce, luego giraba a la izquierda hacia un lado de las calles del vecindario, intenté visualizarme en Barlow. Iba a necesitar todo un nuevo guardarropa. Un empleo. Dios, un empleo. ¿Qué podía hacer yo aquí? Tenía que asumir que el costo de la vida era mucho más bajo. No era como si no pudiera permitírmelo. Y eso era sin siquiera tener en cuenta mi herencia. Riley había dicho claramente que era rica. Una millonaria. Si era inteligente con mi dinero y no me compraba un Lamborghini, no iba a tener que trabajar nunca más si lo deseaba. No más Alan Manoseador.

Pero también podía hacer eso en Boston. La herencia no requería que viviera en Barlow, aunque podía vivir en el Rancho Steele. Era mío junto con mis hermanas. Dios. Tenía cuatro. Y mientras me estacionaba en frente de una casa atractiva con un porche ancho, estaba a punto de conocer a una de ellas.

Una hermana. Dios. Aparte de Peter, no tenía familia desde que había fallecido mi madre. Ni abuelos, tías, tíos, primos.

Pero ahora tenía una familia gigante. Riley—y un chico llamado Cord—estaban casados con Kady y tenían una hija. Las otras hermanas eran Penny, Sarah y Cricket, pero se me olvidaron los otros nombres de sus esposos/significativos porque ninguna de ellas tenía un solo hombre. Cada una tenía dos, y por lo que pude escuchar, Cricket tenía tres.

Eso me hizo pensar en Sam y Ashe, en como no había tenido ningún problema en pasar la noche con los dos. ¿Era esto algo de las hermanas Steele o qué? Había empujado bien profundo los pensamientos de esa noche, de esos dos. Bien profundo, como enterrados en lodo. Ahora no era el momento de cocer y tomar más vino. Estaba en Montana conociendo a una hermana perdida.

Mis manos estaban húmedas dentro de mis guantes y el auto—y toda la ropa abultada—de repente se sintieron sofocantes. Estaba abrumada. Apagando el motor, tomé aire, luego otro.

Sam y Ashe no iban a estar aquí. Negué con la cabeza, como si pudiera sacudir esos pensamientos.

La puerta de entrada se abrió y una mujer con cabello rojo brillante salió hacia el porche. Llevaba puestas unas mallas negras, medias gruesas y un suéter de cuello de tortuga de color verde botella. Dios, era hermosa. Me saludó sonriendo y luego curvó sus dedos.

No podía volver a encender el auto y salir de la entrada. Estaba nerviosa, pero no iba a ser descortés.

Respirando profundo, me bajé, subí hacia la entrada.

"Luces como si te estuvieses congelando. Ven adentro", dijo ella.

Cerró la puerta de enfrente detrás de nosotros y tomó mi sombrero y guantes después de que me los quité.

Enlazada

"Justo como me lo imaginé. No te pareces en nada al resto de nosotras", recalcó ella.

Me salí de mi abrigo y lo colgué en un perchero cerca de la puerta al lado de otros más. Abrigos de hombres grandes y uno plateado brillante que tenía que ser de Kady.

Las botas estaban alineadas debajo sobre una alfombra, así que asumía que esta era una casa donde no se usaban zapatos. Me saqué las mías nuevas mientras Kady hablaba.

"Penny es rubia y bajita, Cricket tiene el cabello oscuro pero es más alta. Con curvas. Pero ella no se parece en nada Sarah, que es una chica de calendario". Se puso la mano en el cabello y puso los ojos en blanco. "Después estoy yo".

"Entonces yo soy la única que fui hecha como un chico", contesté, bajando la mirada a mis pantalones y camisa de mangas largas. En comparación a Kady, con sus curvas nuevas de madre suaves y exuberantes, yo definitivamente tenía el físico de un chico. Me había vestido en mi apartamento esta mañana cuando me levanté y ahora estaba de pie en Montana delante de una hermana. Una locura.

"Apuesto que Sam y Ashe no creyeron que fuiste hecha como un chico".

Sonrió y pude sentir mi rostro acalorarse. Miré a cualquier parte excepto a ella, aprecié la entrada y la bonita sala detrás.

"Oh dios mío". Me tomó del brazo y se acercó. "Te acostaste con ellos".

Miré alrededor un poco más. "¿Cómo puedes decir eso?", contesté. Justo entonces gritó un bebé desde alguna otra parte de esa casa. "¿No tienes que um...ir a ver a tu bebé?"

Agitó su mano en el aire como si eso no fuera gran cosa. "Ella y Cord se están bañando juntos. No te preocupes, ese no es un mal llanto. Ella está feliz".

Como sea. Tenía esa cosa de madres donde sabía los diferentes tipos de sonidos que hacía su bebé y la condición del estado de cada uno.

"Te acostaste con Sam y Ashe. Yo *sabía* que te entenderías bien con ellos".

"¿Entenderme?"

"Ellos son dulces y amables y masculinos e impresionantes".

"¿A quién llamas impresionante?" Un hombre caminó hacia nosotros, con una sonrisa en su rostro, de actitud relajada. Si Cord estaba en la bañera, este tenía que ser Riley.

Él lo confirmó. "Es bueno conocerte finalmente", dijo él.

"A ti también".

Estaba en pantalones y en suéter, su mata de cabello un poco salvaje como si todavía no se lo hubiese peinado hoy. O Kady había estado recorriendo sus dedos a través de este. Por la forma en que él la atrajo a su lado y le besó la sien, asumía que fue eso.

"Sam y Ashe", le dijo Kady, poniendo su mano en los bíceps de él.

"Ah", respondió él, sin añadir algo a eso. Él era un hombre inteligente y sin duda había aprendido de mi tono y postura inflexible sobre mantener en secreto mi estadía en el pueblo que yo no quería tener nada que ver con esos dos.

"Kady y Cord saben que estás aquí, pero ninguno de los otros, como pediste", dijo él como si leyera mis pensamientos.

Kady levantó sus manos a una posición de rezo enfrente de ella, su gran anillo de diamante capturando la luz. "Por favor, por favor déjame llamar a las otras. Hemos estado esperándote".

"¿Esperándome?" Yo me acabo de enterar de todo esto"—hice círculos en el aire con mi dedo—"justo el otro día".

"Hemos estado esperando a nuestra última hermana por *meses*".

Miré a Riley el cual le estaba sonriendo indulgentemente a su esposa. "Es cierto. Yo nunca tuve hermanas—hermanos tampoco en realidad—así que no puedo decir si ellas son diferentes en algo a las otras familias, pero estas cuatro son muy cercanas".

"Yo soy hija única", admití, luego me encogí de hombros. "Hasta ahora".

"Lo que dijo Kady es cierto, las cuatro han estado esperándote, lo cual significa que estás en problemas".

Fruncí el ceño. "¿Problemas?"

"¿Por favor?" Rogó Kady, sin responder mi pregunta.

Suspiré, di una pequeña sonrisa, luego asentí. "Pero solo tus hermanas".

Esto no era tan malo. Los nervios que había tenido desde que me bajé del avión se habían ido. Riley era amable, Kady era ridículamente amigable y estaba emocionada por conocerme. Cuatro hermanas no eran Ashe y Sam. No tendría que pensar en ellos en lo absoluto o en su engaño. ¿Qué tan malo podían ser cuatro hermanas?

"No estás casada, no tienes novio. ¿Así que cuál es la primicia?", preguntó Penny una hora más tarde.

Tan pronto como le había dado mi aprobación a Kady, ella agarró su teléfono y comenzó a llamar. En vez de que todo el mundo—y me refiero a *todos*—fuera a la casa de Kady, Riley y Cord, fuimos a la casa principal del Rancho Steele. Penny y uno de sus hombres habían estado montando a caballo ahí y se acordó que era más fácil para muchas personas reunirse en la casa grande.

No habían estado equivocados. Habíamos catorce, además de unos cuantos trabajadores del rancho. Juntos. La casa de Kady en el pueblo era de buen tamaño, pero esto era como una cena de Acción de Gracias. La familia Steele había logrado una hermosa casa de campo en el año 1800 que había sido agrandada y remodelada a lo largo de todas las generaciones para hacerla incluso más grande. Suponía que cinco o seis habitaciones, al menos unos cinco mil metros cuadrados. Como nuestro padre no nos reclamó a ninguna de nosotras, tuve que asumir que había sido bastante grande y vacía para él solo. Tras su muerte, nos juntó a todas.

Cricket vivía en la casa con sus hombres, Sutton, Lee y Archer, y les quedaba bien, sobre todo porque Sutton trabajaba en la propiedad y Lee, un montador de rodeo profesional, guardaba su caballo aquí. ¿Con respecto a mí? Era agradable pero estaba en el *medio* de la nada.

Había tomado diez minutos más para que Sarah llegara de la biblioteca del pueblo, compartiendo que la había cerrado más temprano solo por mí. Cricket y Boone habían llegado unos minutos más tarde en uniforme, llegando del hospital, aunque rápidamente fue aclarado que no estaban juntos. Como *juntos*, especialmente porque Cricket saludó a sus tres hombres—y no a Boone—con besos bastante profundos. Treinta minutos después de eso, llegó Penny del establo con Jamison. Boone era el tercero de *ese* grupo. Dos trabajadores del rancho, Patrick y Shamus se unieron a la fiesta.

Me perdí en quién pertenecía a quién después de eso, completamente abrumada. Todo lo que sabía era la cuenta de los que estábamos.

¡Cuatro hermanas nuevas y nueve cuñados! Más dos trabajadores del rancho.

Y ahora estaba en la cocina rodeada por mis cuatro hermanas. Me senté en un banquito alto en la parte de la península del mostrador, tres de ellas a un lado, una al otro. No era un ataque sorpresa, pero estaba muy cerca. Y las preguntas...duh. Las cuatro me estaban observando, esperando por mi respuesta a la pregunta bastante directa y personal de Penny.

A pesar de que Penny tenía un bebé en su hombro y le estaba dando palmadas en su pequeño trasero en pijama azul de rayas, tenía la apariencia de una mujer que contestaba el 411.

Al menos los hombres no estaban en la cocina. En la sala

grande, la televisión tenía deportes y ellos estaban hablando, aunque no podía escuchar—o procesar—lo que estaban diciendo. Todas Kady, Penny, Cricket y Sarah me estaban mirando fijamente, esperando.

Oh sí, la pregunta de Penny. "¿La primicia?"

A pesar de que todas compartíamos el mismo padre, ninguna de nosotras lucía igual, justo como dijo Kady, pero pusieron los ojos en blanco en sincronía.

"Sin esposo", dijo Penny.

"No".

"Sin novio", añadió Sarah.

"No".

"Sí a Ashe y Sam", lanzó Kady.

"¿Qué?", dijo Cricket, su voz casi jubilosa. "Ellos son hermosos y necesitan una mujer".

Kady se inclinó en el mostrador acercándose a mí, las otras también se inclinaron. "Ella durmió con ellos. Y con *dormir*, quiero decir que ellos no durmieron en lo absoluto. ¿Cierto?"

6

NATALIE

Sentí mis mejillas acalorarse mientras me ponía de pie e iba al refrigerador con mi vaso vacío. Sabía que era una invitada, pero no iba a solo sentarme ahí y ser interrogada, especialmente con un tema tan susceptible. La razón por la que estaban tan ansiosas por saber sobre mi noche con Ashe y Sam era sorprendente. Yo era una hermana recién llegada. ¿No querían saber ellas sobre la talla de mi sujetador y el tipo de champú que usaba? Encontré la jarra de té helado y llené mi vaso.

"Apuesto que fueron buenos".

"¿Son algo ahora?"

"¿Dónde están? Deben estar tan contentos de que estás aquí".

Después de cerrar la puerta del refrigerador, me volví para mirarlas. Se inclinaron contra el mostrador, con los ojos ensanchados, esperando por respuestas a sus preguntas acribilladas. ¿Ustedes solo le hacen esto a la hermana nueva? ¿El acoso?"

Kady se puso la mano en el pecho. "Yo fui la primera. Yo

Enlazada

tuve que lidiar con Cord y Riley por mí misma. Después el tipo malo y el asesinato y mi otra media hermana y—"

La boca se me cayó mientras la escuchaba.

"Yo fui la segunda", dijo Penny cortándola. "Kady no fue de mucha ayuda porque cuando yo llegué, ella ni siquiera estaba en el pueblo. Yo tuve que lidiar con todo el rollo de perder mi virginidad por mí misma".

"Jamison y Boone de seguro que ayudaron", contestó Sarah, acercándose y dándole palmadas al bebé en la espalda.

"Tú no puedes hablar mucho", contestó Penny. "Wilder y King se negaron a incluso quitarse los pantalones hasta que te casaras con ellos".

Sarah se mordió el labio para evitar responder, pero por el color brillante de sus mejillas, Penny no estaba lanzando acusaciones salvajes.

"¿Lo cual tomó qué, dos días desde que ustedes finalmente sacaron sus cabezas de sus traseros después de una década y estuvieron juntos?", preguntó Cricket. Se volvió hacia mí. "Yo soy la zorra del grupo. Tuve un rollo de una noche con Sutton en un rodeo y él trajo a Archer y a Lee. Vamos a decir que fue un rollo de un fin de semana con tres chicos. Después los dejé".

"Pero estás aquí", respondí, sabiendo que había mucho que no se había dicho. Sus historias eran interesantes e hilarantes.

"Corta larga historia, fui colocada en las esposas del departamento del alguacil, traída al Rancho Steele y follada", añadió Cricket.

"Oh", dije, tomando un sorbo de té. Uno de sus hombres, Archer, traía un uniforme de oficial, así que tuve que asumir que las esposas le pertenecían a él. No tenía idea de qué responder. "Quiero la larga historia larga. Toda completa. Y esa cosa del asesinato que dijo Kady".

"Oh no", dijo Sarah levantando su mano. "Es tu turno, hermana. Queremos los detalles sucios. Mientras más sucio mejor".

Miré de una a la otra. Kady, con su cabello rojo y ropa

bonita. Penny, toda bajita y rubia con el pequeño dulce bebé. Cricket con su actitud valiente y sonrisa ligera. Sarah con su cabello negro largo y sus curvas asesinas.

"¿Cómo es que hay nueve hombres y no nos están molestando a ninguna de nosotras? ¿No tienen sed o algo?", pregunté.

"Todos ellos están bien entrenados". Sarah estrechó sus ojos. "Y puedo ver que eres hábil para evadir. Esto es lo que pasa cuando llegas de última. Cuatro hermanas para torturarte".

Me mordí el labio, dividida entre que me gustaba la sensación de ellas tan interesadas en mí, pero también molesta, como si ellas estuvieran hurgando en una herida abierta con un palillo.

"Ellos no me gustan", respondí con simpleza.

"¿Ashe y Sam?", preguntó Penny frunciendo el ceño. "¿Por qué no?"

Respiré profundo, lo dejé salir. "Porque ellos me dijeron quiénes eran, que habían estado investigándome y que tenían toda una carpeta sobre mí después de que me acosté con ellos".

Se quedaron mirándome, y mirándome un poco más. Incluso la mano de Penny dejó de darle palmadas al bebé.

"¿Ellos no te dijeron quiénes eran? ¿Inventaron nombres falsos o algo así?", preguntó ella.

Negué con la cabeza. "No, ellos fueron honestos con eso, pero a la mañana siguiente yo estaba...bueno, en la ducha con Ashe y él simplemente soltó que yo era una heredera y que él estaba en Boston para decirme eso".

Sarah parpadeó. "Eso es horrible, pero estoy atascada en la imagen mental de Ashe en la ducha".

Kady se rio. "¡Yo también!"

"¿No están molestas por esto como yo?", pregunté, sorprendida por su despreocupación.

Cricket se acercó a mí, me llevó por toda la sala así que

quedé enfrente de ellas otra vez. "Si los odias, nosotras también los odiamos. Estamos de tu lado".

Todas asintieron y Sarah me acercó para abrazarme. Ella era tan bajita, tan curvilínea y en unas pocas décadas, iba a ser una abuela perfecta dando un poco de dulces. "Los imbéciles".

Me reí entonces. *Eso* no fue dulce, pero se sintió bien saber que me respaldaba. "Me sentí...avergonzada. Usada. Engañada".

Las palabras ahora salían con facilidad.

"Sí, los imbéciles", añadió Penny. "Pero los conozco desde hace varios meses ahora. Nunca los he visto comportarse de esa manera".

"Ashe me llevó al hospital cuando rompí fuentes", admitió Kady. "Yo estaba en casa y llamé a la oficina. Riley estaba con Cord en la corte así que Ashe vino directo a mi casa. Él se subió a la autopista en cuestión de segundos. Tú hubieses pensado que él era el padre. Estaba volviéndose completamente loco".

Era difícil de imaginar, el Ashe que yo conocía parecía tan...relajado.

"Quizás ellos solo lo arruinaron", añadió Cricket. Inclinó su cabeza a un lado, me estudió. "Quiero decir, mírate. Eres hermosa. Cualquier chico estaría pensando con su pene al verte. ¿Y esos dos? Sí, puede que pienses que son unos idiotas por la forma en que revelaron todo, pero apuesto que tienen unos bien grandes. Penes, me refiero".

Me reí. Completamente. "Sí, sí que los tienen".

Las cuatro se rieron y chillaron, disfrutaron el rato y chocaron los cinco la una a la otra.

"¿Qué dijeron cuando se disculparon?", preguntó Kady.

"No lo hicieron". Levanté la mano cuando se vieron listas para ir tras ellos a catapultarlos. "Quiero decir, no les di la oportunidad. Estaba tan molesta, salí disparada de la habitación de hotel. No los he visto desde entonces".

"Bueno, escuché decir a Cord que estaban de vuelta en el pueblo. ¿Por qué no les das la oportunidad de explicarse?"

"Sí, Natalie, ¿por qué no nos dejas tener la oportunidad de explicarnos?"

Kady, Sarah, Penny y Cricket saltaron ante el sonido de la voz de Sam. El bebé hizo un sonido divertido de llanto/eructo por el zarandeo y Penny comenzó a darle palmadas en el trasero otra vez.

Mi corazón se tambaleó, se paralizó y luego comenzó a latir al mirarlo. Sam. Dios, se veía bien. Mejor de lo que recordaba. Más grande. Más ancho. Más...esculpido. Él ni siquiera le otorgó una mirada a las otras mujeres, sus ojos oscuros directa y únicamente sobre mí.

"Sam, um...hola".

"A mí también", dijo Ashe, moviéndose hacia la puerta de entrada para pararse al lado de Sam.

Oh, dios, el efecto completo de ellos dos todavía podía arruinar mis bragas, incluso después de odiarlos durante los últimos días. Puede que mi mente quisiera estrangularlos, pero mi cuerpo quería escalarlos a los dos como un árbol.

"¿Cómo me encontraron?", pregunté. No creía que Riley hubiese dicho algo. Sería un abogado terrible si lo hubiese hecho.

"Ustedes dos son unos idiotas", dijo Penny metiéndose en su camino. Ella era un pie más baja que los dos y por la forma en que tenía que inclinar su cabeza para gritar, el efecto se perdía. Especialmente con un bebé en su hombro. "¿Y cómo la *encontraron*?"

No miraron a Penny sino a mí. Con ella siendo tan bajita, era una vista clara. Pero Cricket se puso detrás de ella y Kady también. "Si tienen problemas con nuestra hermana, tienen problemas con nosotras".

"Registros de vuelo. No fue demasiado lejos pensar que vendrías a ver a Riley, y que luego terminarías aquí", admitió Ashe.

Kady tenía sus manos en sus caderas y la barbilla de Cricket estaba levantada, escuchando. "Eso fue inteligente", admitió Kady. "Pero siguen siendo idiotas por hacer molestar a nuestra hermana".

En ese momento, todo fue más claro como si las cosas hubiesen estado fuera de foco y yo tenía puestos unos lentes.

Mis hermanas estaban de pie delante de los dos chicos grandes, protegiéndome. Era como si yo estaba en el parque de la escuela primaria y ellas me estaban bloqueando de un bravucón. O dos. Nunca nadie había hecho eso por mí en mi vida, ¿y estas mujeres? Solo las conocía desde hace una hora. Aun así ellas estaban listas para un golpe bajo con Sam y Ashe.

Me reí, me dio hipo, luego comencé a llorar. Y yo no era buena llorando. De hecho, yo era un desastre cuando lloraba, cara manchada, ojos hinchados, montones de moco, pero no podía evitarlo. No podía detenerlo.

Unas manos me dieron palmadas en la espalda y fui empujada a un pecho, abrazada. La Abuela Sarah y su gran pecho.

"¿Ven? La hicieron molestar".

Lloré incluso más fuerte por la forma en que Sarah regañó a los hombres.

"¿Qué demonios está pasando aquí?" Reconocí la voz de Cord, la cual era tan grande como él.

"Ashe y Sam la hicieron llorar", dijo Kady, sonando como una niña pequeña chismeando. Eso me hizo reír, el sonido una mezcla de sorber y resoplar, lo cual debía ser tan poco atractivo para Sam y Ashe. Pero no eran ellos los que me habían puesto así. Bueno, ellos parcialmente. Era que tenía cuatro hermanas que eran como mamás osas protegiendo a su crío.

Antes de que Ashe y Sam fueran sacados y golpeados fuera de la casa, me puse derecha, me limpié la cara y me separé de Sarah.

"¿Mejor?", preguntó ella mirándome con preocupación.

Asentí. "Todas ustedes me acaban de conocer y están listas para sacar a esos dos al cobertizo".

"Eres nuestra hermana", respondió Cricket, como si eso respondiera todo.

"Pero ustedes los conocen desde hace más tiempo". Señalé al dúo con la cabeza. "Ustedes dijeron que les agradan ellos, que...que ellos eran sus amigos y aun así, me creyeron, me defendieron".

"Cariño, míralos", suscitó Sarah.

Miré a Ashe, quien tenía los hombros hundidos, su cabeza inclinada hacia abajo y observándome cautelosamente a través de sus pestañas gruesas, y Sam, cuya mano estaba recorriendo la parte posterior de su cuello como si estuviera listo para salirse de su piel.

"Los conocemos, sí, pero son hombres", continuó Sarah. "Ellos son estúpidos y piensan con sus penes frecuentemente, como dijo Cricket. Esa noche en Boston, ¿estabas pensando con tu pene, Ashe?"

"Sí, pero ¿nos puedes culpar a alguno de los dos? Mírala", respondió él.

"¿Lo ves?", dijo Cricket, cruzándose los brazos sobre su pecho.

"La primera vez que te vimos estuvimos arruinados", admitió Sam. "Es como los otros chicos en esta casa. Cord aquí, por ejemplo. ¿Cuándo supiste que Kady era la indicada?", preguntó él, mirando a un lado hacia el gran...GRAN hombre.

Cord sonrió, miró a Kady. "En el segundo en que le puse los ojos encima en el área de equipaje. Ella no tenía ni cinco minutos en el pueblo".

"Nosotros te deseábamos, cariño", me dijo Ashe a mí. "Te *deseamos*. No estábamos manteniendo en secreto nuestra razón de estar en el pueblo, ni tu herencia. Es solo que te deseábamos más".

"A ti", añadió Sam. "Justo entonces en el pasillo del baño cuando hablamos contigo por primera vez, tu padre, la herencia, todo eso había sido irrelevante, nuestro trabajo también. Luego en la habitación del hotel, todo lo que importaba era hacerte venir".

Las mujeres suspiraron y Cord le dio una palmada en la espalda a Sam, sonriendo.

Me sonrojé ardientemente solo recordando cómo lo habían hecho. Y más de una vez.

Sarah puso su mano sobre mi brazo. "Seguiremos pensando que son unos idiotas si tú quieres. Pero ellos son hombres de Barlow. Ellos saben lo que quieren y van tras ello. Pregúntales a mis chicos. Una vez que arreglamos las cosas, dos días después estaba casada con ellos".

Moví la mirada hacia ella y levantó su mano izquierda, me mostró los anillos que Wilder y King le habían dado.

"Yo me quedé embarazada la primera vez", dijo Penny.

"La mesa de café en la otra habitación", añadió Cricket. "Digamos que Lee, Sutton, Archer y yo profanamos esa cosa. Y la limpiamos después".

"Ven aquí, dulzura", dijo Cord a Kady amablemente. "Creo que Ashe y Sam pueden manejarlo desde aquí". Además en cualquier momento se va a levantar Cecily con hambre".

"Pero—"

"Déjalos llegar a la mejor parte", respondió él.

Mantuve los ojos fijos en Ashe y Sam.

"¿La mejor parte?", preguntó ella, tomando su mano y siguiéndolo hacia la sala.

"Sexo de reconciliación".

7

"Necesito estar dentro de ti, que te vengas por todo mi pene, después hablaremos".

Nos habíamos dirigido hacia mi casa en el pueblo y tomé su mano mientras entrábamos, pero eso fue mientras lo hacíamos. La tenía contra la puerta, bajando el cierre del abrigo que me separaba de todas sus curvas suaves.

"Sam, yo—"

Detuve sus palabras con un beso. El primer beso desde Boston, desde *esa noche*. Había estado cabreado y de mal humor al saber que lo habíamos arruinado. A pesar de que esa noche yo había intentado decirla la verdad y ella me había callado incluso antes de que nos quitáramos la ropa, yo era lo suficientemente inteligente para saber que nunca debía decirle a una mujer que tenía la culpa porque, bueno...me gustaba estar vivo. Y todo no era su culpa. No era como si ella estuviese esperando que le dijéramos que éramos investigadores, que *habíamos* estado siguiéndola en el restaurante.

Probablemente ella pensó que éramos vendedores de

piezas de repuesto de carros de Tulsa o incluso ganaderos de Montana. Lo que sea. Menos la verdad. Yo debí haber insistido, mantenido mi pene calmado hasta que le dijéramos todo. Pero ella era demasiado perfecta. La habíamos deseado demasiado. Como ahora. Ahora la tenía a mi vista, tenía mis manos sobre ella, podía respirar su aroma cítrico, escuchar su respiración entrecortada. Incluso saborearla en el beso. Ella estaba justo ahí conmigo, justo ahí con Ashe a nuestro lado.

"Sam, no".

Me detuve, me separé inmediatamente ante esa única palabra, pero no demasiado lejos. Sus ojos oscuros me asesinaron. El calor y el interés estaban ahí, pero también la duda.

"Quiero esto", dijo ella. "A los dos, pero necesitamos hablar. Este fue nuestro problema la última vez. Esa noche debí haberles dado la oportunidad de decirme todo. O a la mañana siguiente. Debí habermequedado. Y escuchado en vez de salir corriendo".

"Y nosotros no debimos haberte dejado recorrer el camino de la culpa", añadió Ashe. "Lo sentimos mucho, cariño".

"¿Quieres hablar?", pregunté, quitándole el abrigo de sus hombros. Ashe lo tomó y lo colgó en el perchero al lado de la puerta.

"Creo que sería lo mejor", admitió ella, colocando la palma de sus manos contra la puerta a su lado. "Quiero decir, dormimos juntos y ni siquiera sé sus apellidos. A qué universidad fueron. De quién es esta casa".

Bajando la mirada hacia su cuerpo pude ver que estaba ansiosa. No solo de información, sino de nosotros. Se veía tan bien en esa camisa sencilla y pantalones, completamente diferente al vestido de la otra noche. Tenía que preguntarme— también mi pene—qué confección de lencería traía puesta debajo.

Ella era más que su lencería, más que la suave sensación de su piel, el calor de su vagina. Una de las cosas que eran tan atractivas en ella, era que era inteligente. Brillante incluso, pero apenas habíamos hablado con ella. A pesar de que me hacía sentirme orgulloso de mí mismo haberla reducido a decir solo sílabas como 'sí' y 'más duro' y 'más', quería palabras. Montones de ellas. También quería saber sobre ella. Lo que le gustaba y lo que no. Quería saber su opinión sobre las cosas, para debatir e incluso posiblemente discutir—aunque no sobre cómo lo habíamos arruinado Ashe y yo.

"Está bien", dije y luego sonreí. "Tú haces una pregunta y nosotros respondemos. A cambio, obtenemos una pieza de ropa".

Levantó una ceja oscura. "¿Las veinte preguntas para desnudarse?"

Sonreí. "Seguro".

"Tengo más preguntas que ropa", contestó ella.

"Nosotros también nos quitaremos nuestra ropa, ¿cierto Ashe?"

"Demonios, sí".

"Aun así tengo más preguntas que toda nuestra ropa".

"Cariño, ¿todavía no te has dado cuenta?"

Natalie frunció el ceño incluso más. "¿Qué?"

No pude resistirme, me volví a acercar y metí su cabello detrás de su oreja, sentí la suavidad sedosa entre mis dedos. "Tenemos toda la vida para aprenderlo todo".

Se aclaró la garganta. "¿Toda la vida?"

Ashe se acercó a pararse a mi lado, hombro a hombro. "Esto no es un rollo de una noche. Nosotros lo queremos todo contigo".

"¿Todo?", chilló.

"Cariño, puede que lo hallamos arruinado si no sabes cómo nos sentimos", añadí. "Te queremos a ti. Solo a ti. Lo supimos la primera vez que te vimos. Por eso es que lo arruinamos. Estábamos demasiado jodidamente necesitados de ti".

"Ahora estamos controlados", añadió Ashe con seguridad. "Quizás solo un poco. Así que haz tus preguntas".

Enlazada

"¿Y ustedes se quedan con la ropa?"

Negué con la cabeza. "La ropa va al suelo. Todos obtenemos respuestas y todos nos desnudamos".

Vi la curiosidad y el calor en sus ojos oscuros, pero esperamos. Ella había dicho que no y nosotros no la íbamos a tocar a menos que ella lo deseara. *Esto*. *Nosotros*.

Se sacó su zapato mientras preguntaba: "¿Ustedes tienen familia? ¿Padres, hermanos y hermanas?"

"Mis padres viven como a un kilómetro de aquí", ofrecí. Solo se quitó un zapato, pero era un comienzo. "Mi padre tiene una tienda de mecánica en la Calle Principal y mi mamá es radióloga en el hospital. Un hermano. Él vive en Denver".

"Mis padres viven en Portland. No tengo hermanos".

Sus padres se habían jubilado y les gustaba viajar. Era difícil mantenerse al día con sus aventuras; este mes o estaban en Machu Pichu o en las Galápagos.

"Mi turno".

Ella asintió.

"¿Eres fan de los deportes?", preguntó él.

La boca se le cayó y miró entre los dos antes de hablar. "Ustedes no serán de esos fanáticos de los deportes locos que terminan con una mujer porque a ella le gusta el equipo equivocado, ¿cierto?"

Ashe se encogió de hombros mientras comenzaba a abrirse los botones de su camisa. Yo me acerqué a mi cuello y me quité mi suéter por encima de la cabeza.

Sus ojos se dirigieron a nuestros pechos mientras respondía. "Mi padrastro es un gran fanático del hockey. Cuando estaba pequeña lo miraba con él. Probablemente esa es la única cosa real que compartimos, y no me gustan los Alas Rojas. Soy fan de los Pingüinos".

Eso fue excitante. Una mujer a la que le gustaba el hockey. Funcionaba porque Montana estaba congelada más de la mitad del año. Montones de hockey para ver, al menos en un equipo de club o en el nivel juvenil.

"¿Cómo se encontraron con Riley?" Se sacó su otro zapato.

"Nosotros manejamos nuestra propia empresa IT. De seguridad". Señalé a la casa con mi cabeza, pero el sótano era el espacio de oficina para trabajar. "Ashe y yo nos conocimos en la universidad y vendimos nuestra propia empresa unos pocos años después. Yo quería regresar aquí a Barlow, y Ashe se vino también. Comenzamos otra empresa, una que no nos aburriera. Realmente no trabajamos para Riley, pero sí para Cord ocasionalmente. Nosotros hacemos algunas investigaciones o búsquedas en la web para él. Pero tú—o al menos la última hija Steele—eras difícil de encontrar, así que nos pidió ayuda".

"Después vimos tu foto y supimos que teníamos que ser los únicos que te dijeran sobre tu herencia", añadió Ashe.

Me llevé la mano a la parte posterior de mi cuello. "Arruinamos eso, ¿cierto? Pero mierda, cariño, eres demasiado difícil para resistirse".

"No íbamos a dejar que nadie más te tuviera", finalizó Ashe quitándose sus zapatos.

"Yo no hice una pregunta", dijo Natalie señalando a la forma en que Ashe quitó sus zapatos del camino.

Se encogió de hombros. "Yo no soy tímido, cariño. Responderé desnudo".

"Mi pregunta, cariño", dije. Su mirada estaba ecuánime, su actitud calmada. Bien. "¿Por qué trabajas para ese imbécil?"

Apretó los labios, como si estuviese comiendo limón, o pensando en lo imbécil que es su jefe. "Me gusta la industria".

"Quieres decir que te gusta la lencería", contestó Ashe.

"Me gusta. Me gusta usarla porque me hace sentir bonita... femenina. No es para un chico, sino para mí".

"Tomaste el trabajo porque te gusta la lencería. Eso es bueno. Estar en un campo que te guste es bueno. Pero ¿por qué quedarte? Tú puedes simplemente ir al centro comercial y comprar pequeños trozos de lencería..." Me llevé la mano por el rostro pensando en lo que había debajo de su camisa blanca.

Enlazada

¿Rosado? ¿Lavanda, quizás? ¿Satén? "¿Por qué quedarte cuando eres acosada sexualmente? Hay todo tipo de trabajos con tus habilidades y tu experiencia".

Se encogió de hombros ligeramente. "No había sido tan malo hasta hace poco. Esa noche en el restaurante, eso fue lo peor. Había estado pensando en cambiarme de trabajo, pero ahora...bueno, ahora tengo un montón que decidir".

Ser una heredera de seguro que ayudaba con las opciones. Podía continuar trabajando para el imbécil—aunque definitivamente nosotros intentaríamos que no siguiera ahí—o en otra empresa o no trabajar del todo. Demonios, podía convertirse en una granjera de llamas si lo deseaba. Podía hacer lo que sea que deseara con ese cerebro brillante suyo.

Pero hoy no. No ahorita. Nosotros estaríamos ahí para ella sin importar lo que decidiera, pero ahora no podía evitar bajar la mirada a su pecho. "¿Estás usando algo sexy y diminuto ahorita?"

Asintió. "No estaba esperando que un chico...o unos chicos lo vieran. Como dije, lo uso para mí".

"Ahora lo usas para nosotros también", dije. "Muéstranos".

"Sí, cariño, sácanos de nuestra miseria".

Nos dio una ligera mirada, luego puso una mano en la pared para apoyarse mientras se quitaba una media, luego la otra.

"Mujer cruel. Muy cruel", dijo Ashe, negando con la cabeza lentamente. Él se dio palmadas en el pene a través de sus pantalones.

"Mi turno", dijo ella. "¿Dónde está la habitación?"

Maldición sí.

Le tendí mi mano, justo como lo había hecho esa noche en el restaurante. Ella la miró, luego a mí. La tomó. Dándole un ligero apretón a su mano cálida, la guie hacia las escaleras a través de la sala, por el pasillo y hacia la habitación principal.

"¿Esta es tu casa?", preguntó mientras yo encendía la luz justo dentro de la puerta.

"Yo vivo como a un kilómetro de aquí", añadió Ashe. Su casa tenía hectáreas. Como había crecido en Portland, uno de sus requisitos para mudarse a Barlow habían sido una vista y espacio. Sin vecinos cercanos. No era nada parecido al Rancho Steele con las miles y miles hectáreas, pero tenía espacio para respirar.

A pesar de que me gustaba mi casa, mi hogar ahora estaba con Natalie, a donde sea que ella fuera. Si eso significaba mudarme a Boston, lo haría. Si quería vivir aquí en Barlow en la casa de Ashe, eso también estaba bien. Yo viviría ahí con ellos. O, podíamos encontrar algo que fuese nuevo para todos nosotros. No me importaba mientras ella estuviera ahí. Pero eso estaba incluido en la lista larga que no importaba en este momento.

"Creo que tienen que quitarse algo", dijo ella mirándonos a los dos.

En este punto los dos estábamos sin camisa. Ninguno de los dos perdió tiempo en quitarse los pantalones así que nos quedamos en nuestra ropa interior delante de ella. Ashe tenía puestos unos calzones negros cortos, yo tenía unos azul marino.

Hizo una pausa, nos comió con los ojos, sus ojos ensanchándose por la forma en que mi pene crecía dentro de mis calzones.

"Tú eres tan inteligente, cariño", añadió Ashe. "¿Crees que estaríamos aquí contigo si no te quisiéramos? ¿Todo de ti? ¿A largo plazo?"

"Yo..." Se lamió los labios. "Es solo que no entiendo por qué me quieren a *mí*".

Ashe me miró y asentí.

"Deberíamos azotar ese trasero".

"¿Qué? ¿Por qué?", preguntó ella, dando un paso atrás.

"Porque piensas tan poco de ti misma. Maldición, mujer, eres inteligente. Eres exitosa. Iluminas la habitación. Demonios, nos iluminas a nosotros. Y por encima de todo eso, eres jodidamente sexy".

"Amor a primera vista, Natalie", dije con simpleza. "El corazón quiere lo que el corazón quiere".

"¿Amor?", dijo ella mirándome fijamente como si yo acabara de admitir que somos alienígenas en vez de que estamos enamorados de ella.

"Esa es una pregunta", dije con un guiño". "Quítate algo".

Me miró fijamente por un segundo, luego me dio una ligera mirada. Sus dedos se engancharon en el borde de su camisa y la levantó, revelando piel color crema una pulgada a la vez. Lentamente, jodidamente lento. Cuando apareció tela azul pálida, los dos Ashe y yo gruñimos. Y cuando levantó los brazos por encima de su cabeza para quitarse la camisa por completo, prácticamente me vine en mis pantalones. Ella no *solo* estaba usando un sujetador. Era uno de esos...maldición, un corpiño o como sea. El nombre era irrelevante. Había acerca de tres pulgadas de lencería debajo de sus senos, luego una malla del mismo color por la que se veía todo que cubría sus pequeñas curvas, luego pezones planamente visibles y duros.

"Demonios", gruñó Ashe.

Ella sonrió ahora, ampliamente, como si se sintiera empoderada por nuestras respuestas.

"Puedes ponernos de rodillas, cariño", le dije, afirmando que ella sabía lo perfecta que estaba.

"¿Así están?", preguntó, deslizando sus manos hacia arriba por la tela alrededor de sus costillas, luego más arriba encima de sus hombros.

"También nos gusta tu cerebro. No es que puedas decir que ahora mismo", dijo Ashe. "Como dijo Cord, constantemente estamos pensando con nuestros penes. La lencería parece tener ese efecto".

Se rio y amé el sonido. "¿Así que qué pasaría si conjugara verbos en ruso mientras me quito los pantalones?"

Mi mano inmóvil encima de mi pene. "¿Tú hablas ruso?"

Levantó la mirada y me miró a través de sus pestañas

mientras abría el botón de sus pantalones. "Sí. Hice un semestre de la universidad en Moscú".

"Vas a hacer que me venga", le dije. Cerebro y belleza. Estaba arruinado.

Estuvo completamente callada la habitación mientras se quitaba los pantalones y se volvía a poner de pie, únicamente en el lindo sujetador azul y tanga a juego. No tenía unas curvas de locura, pero era ágil y delgada, tonificada y todo lo que siempre quise.

Dio un paso hacia nosotros, luego otro. Y para hacer que mis pelotas hirvieran, se puso de rodillas delante de nosotros, se lamió los labios. "Sí, lo harás".

8

Natalie

Le creí a Sam cuando dijo que me amaba, la mirada en los ojos de Ashe que probaban que él sentía lo mismo. Una locura, realmente, porque apenas los conocía. Pero eso era lo que el mundo pensaba que era normal. El tiempo normal del mundo. Parecía que el tiempo de Barlow, o quizás el tiempo de las hermanas Steele, era diferente. Más rápido.

Al conocer a Kady, Penny, Cricket y Sarah, me di cuenta de lo diferentes que éramos. No nos parecíamos en nada. Nuestras personalidades eran tan variadas. Aun así también éramos *muy* similares. Todas nos enamoramos de múltiples hombres. Yo no conocía a nadie que hubiese hecho lo de la poligamia. Hasta ahora, y entonces estaban todas mis hermanas. Y yo.

Con respecto a los chicos, todos eran ridículamente masculinos, bastante alfa y extremadamente concentrados en sus mujeres. Tenían tratos de cavernícolas similares a Ashe y Sam. Posesivos, protectores y ridículamente enamorados. Ellos, sin duda, usaban los pantalones en sus pequeñas uniones familiares, pero las mujeres dirigían el show.

Por sus historias, cada una de ellas se había enamorado perdidamente de sus hombres de inmediato. Amor a primera vista. ¡Bam!

Por eso es que Sam y Ashe habían sido unos completos idiotas en Boston, porque me habían visto y se habían enamorado de mí. Los había vuelto locos.

Y *eso* era bastante poderoso.

E incluso ahora, estando delante de ellos de rodillas, todavía era poderosa. La vista del pene de Sam, todo duro y pulsando para mí, líquido pre seminal ansioso derramado en la punta...lo puse así. Lo había reducido a un Neandertal. *Debe follar y plantar la semilla. Debe meterse dentro de una mujer. Ahora. Gruñido. Gruñido.*

Me acerqué al pene de Sam y él apartó su mano, se bajó los calzones y se deslizaron hacia el suelo. Estaba caliente y suave en mi mano, aunque duro como el acero debajo.

"Puedes chupar mi pene, cariño, pero me voy a venir en esa vagina".

Ashe no se retrasó, sino que se quitó sus calzoncillos cortos para que tuviera dos penes delante de mí. Los había visto antes, *sentido*, pero no había tenido la oportunidad de mirarlos así de cerca. Los dos eran grandes. Gruesos. Largos. Curvilíneos que alcanzaban sus ombligos. Pelotas pesadas colgaban debajo, grandes en su virilidad y necesidad por mí. Pero también eran diferentes. El cabello en la base era de diferente color, la carne en el de Sam era de rojo rubicundo, el de Ashe un poco más rosado. La cabeza de Sam estaba acampanada, la de Ashe más atenuada.

Se me hizo agua la boca, lista para probarlos.

Lamí esa gota perlada de la punta de Sam, la esencia salada de este derritiéndose en mi lengua. Volteándome agarré a Ashe con mi otra mano, lo probé también. Más fuerte.

"Maldición, cariño", murmuró Sam. "Mírate".

Giré la cabeza acampanada de Ashe como un cono de helado, luego me metí la punta en la boca, lo chupé. Solo esa

Enlazada

parte de él hacía que mi boca se abriera más, que mis labios se estiraran.

Ashe gimió, luego siseó, luego dio un paso tras agarrándose él mismo. Observé como se bombeó una vez, luego se vino, su semen saliendo densamente, aterrizando en mi pecho y en mi vientre, marcando mi sujetador largo de color azul cielo.

Verlo venirse, observar el placer en su rostro, la mirada dura casi de agonía de sus pelotas vaciándose, fue tan jodidamente ardiente.

Me moví, mi vagina sufriendo. Había tanto semen, era obvio que había estado guardándolo para mí.

En una respiración forzosa, sonrió. "Mierda, cariño, me has arruinado. Y a tu hermoso sujetador".

Sus mejillas estaban sonrojadas, pero no estaba segura si era por solo venirse o porque estaba avergonzado. Me puse de pie, me acerqué y cubrí su mandíbula, sentí su pene todavía duro, presionando contra mi vientre. "¿Todavía me deseas o ya terminaste?"

Sus ojos se estrecharon, acalorados ante mi atrevimiento descarado. "¿Terminar? Cariño, con esa carga soplada puedo follarte toda la noche". Me quitó el cabello de la cara. "Dime, ¿alguna vez algún chico ha tomado tu trasero?"

Me retorcí ante ese pensamiento. "No, pero...me gustaría intentarlo".

Los dedos de Ashe en mi cabello se apretaron ante mi respuesta, luego me besó.

Sam vino a ponerse de pie detrás de mí, sentí su calor mientras ponía sus manos sobre mis hombros.

Ashe se separó, tomó aire.

"¿Estás en control de embarazo, Natalie?", preguntó él, moviendo su mano derecha hacia mi brazo para poder besar el lugar donde mi cuello se encontraba con mi hombro.

"Sí, la píldora".

"Bien", añadió Sam. "Como no vas a follar a otra persona

nunca más, creo que es hora de que te tomemos desnudos, ¿no crees?"

¿No follar a nadie más? Eso significaba...él realmente quería decir...justo ahí, entre ellos dos, segura y protegida, me sentía...amada.

Me mordí el labio, luego sonreí, me puse de puntitas y besé a Ashe. Su semen se había enfriado y lo sentí frotando sobre su pecho desnudo, pero no me importó.

"Nunca he hecho eso, siempre he usado condones, pero sí. Dios, sí".

Ashe sonrió, bastante complacido.

"Yo soy el que lo sugirió, cariño", murmuró Sam. "¿Por qué él obtiene toda la atención?"

Ashe levantó una ceja y se volvió, miró a Sam.

"Eso es cierto. Estaba de rodillas pero tú nunca obtuviste mi atención, ¿cierto? Pobre bebé".

Acaricié su cabello con mi mano, dejé que mis dedos se enredaran en la nuca.

Él enrolló sus brazos a mi alrededor, me levantó y me cargó a la habitación. Me lanzó sobre la cama en la que reboté, luego me reí. "Separa esas piernas, cariño. Veamos esa vagina. Quiero ver a donde va a ir mi pene...desnudo, tan pronto como sepa que estás lista".

Sam estaba casi salvaje, su pene incluso más grande que antes, líquido pre seminal deslizándose por toda la longitud en una corriente baja. Estaba en la orilla y ya no quería tentarlo más. Tentarlo a él significaba tentarme a mí porque quería ese pene grande y necesitado dentro de mí. Ahora.

Así que doblé mis rodillas, separé mis piernas, luego puse mi tanga a un lado para que pudieran verme.

"Si te gusta ese pequeño pedazo de lencería, quítatelo, o estará hecho trozos en el suelo en cinco segundos".

"Yo trabajo para una empresa de lencería. Tengo gavetas llenas de cosas lindas".

Sam solo gruñó en respuesta. A pesar de que la idea de él

arrancando mis bragas era, en sí caliente, me gustaba este juego así que levanté mis caderas, las bajé y las lancé al piso con los dedos de mis pies. Olvidadas.

Como había estado Ashe, yo estaba en el borde, y ellos apenas me habían tocado. Si alguno de ellos ponía su boca en mi clítoris, me iba a venir. Para agilizar las cosas—como Sam dijo que quería asegurarse de que yo estaba lista antes de que me follara y yo *realmente* quería ese pene grande y glorioso llenándome—deslicé mi mano por mi vientre y por encima de mi vagina, llenando mis dedos. Los levanté, les mostré lo *lista* que estaba.

Sam se movió rápidamente, agarrando mi muñeca y levantando mis dedos a su boca, lamiéndolos hasta dejarlos limpios.

"Una chica pervertida, ¿no?", preguntó cuando terminó.

"Una chica *lista*. Fóllame, Sam. Desnudo. Sé el primero".

Gruñó, luego se puso encima de mí, separando bastante mis piernas para poder instalarse entre ellas. Su pene se introdujo dentro de mí, llenándose de mi humedad antes de hundirse en el lugar.

Sus ojos se encontraron con los míos. Fijamente.

"Hablaba en serio con lo que dije, Natalie. Esto es amor. Esto es todo".

Se empujó, un centímetro grande y grueso a la vez hasta que sus caderas se encontraran con las mías, sus pelotas golpeando mi trasero. Me apreté y removí para acomodarlo y me elevé para tomarlo más profundo.

"Sí", suspiré.

Hizo una pausa por apenas un segundo, luego su control desapareció.

Me folló en un abandono desenfrenado, profundo y fuerte, el sonido pegajoso de este llenando la habitación junto con nuestra respiración entrecortada.

No me había dado cuenta de que había cerrado los ojos hasta que fue pinzado mi pezón. Ashe sonrió mientras jugaba con uno, luego con el otro después de bajar las copas del sujetador, todo mientras Sam me follaba. Ninguno se detuvo, ninguno lo dejó ir hasta que me vine, luego me vine otra vez.

Mientras que Ashe había sido el primero en venirse, Sam tenía el nervio de hacerme gemir y suplicar para que él se viniera también. Quería compartir lo bueno que era entre nosotros.

Y cuando finalmente lo hizo, nuestra piel estaba pegajosa, mi cuerpo estaba relajado y mi mente nublada con tanto placer.

Se puso rígido, se quedó inmóvil mientras gemía. Líneas ásperas de placer doloroso marcaron su rostro. Pude sentir el calor de su semen mientras me llenaba, como se salía de él para derramarse por las sábanas.

Era demasiado, demasiado bueno.

Pero no habíamos terminado. Sam se retiró y se sentó sobre sus talones. Observó su semen salirse de mí. Ashe se acercó a mi espalda y desabrochó mi sujetador. Lo ayudé a quitarlo y lo lanzó por encima de su hombro.

"Mi turno. Montaste mi regazo en Boston. Es hora de que yo te monte a ti", dijo Ashe. "Y de ver qué tanto te gusta el juego del trasero".

Sam se apartó del camino mientras Sam me volteó sobre mi estómago, me atrajo hacia atrás para que quedara de rodillas, mi cabeza reposando sobre la cama. "Esta es la primera vez que lo hago sin condón. No puedo esperar para marcarte bien profundo. "¿Lista, cariño?"

Asentí y gemí mientras se introducía dentro de mí. "Maldición".

Gemí, la nueva posición teniendo a Ashe deslizándose sobre lugares completamente nuevos y muy sensibles.

"Aquí", dijo Sam, pero no sabía de qué estaba hablando. Pero cuando escuché una tapa abrirse y sentí la gota fría de líquido en mi entrada trasera, supe cuáles eran los planes de Ashe.

Él continuó con el ritmo lento y consistente de sus caderas, follándome en una cadencia que me tenía acercándome más y más a venirme. Pero cuando sentí un dedo rozarme *ahí*, todo pegajoso con el lubricante, jadeé, me agarré de las sábanas.

Dios, la sensación era eléctrica. Intensa. Combinada con él bien profundo dentro de mi vagina...

"¿Te gusta eso?"

"Sí", suspiré, cerré los ojos y solo *sentí*.

"Buena chica", murmuró él. Su mano libre fue hacia mi cadera, la agarró. El golpe de él contra mí era el único sonido en la habitación. Eso y mis gemidos mientras él presionaba un poco más firme en mi orificio no explorado, intentando ganar entrada, aunque mi cuerpo lo estaba recibiendo naturalmente.

"Shh, relájate, respira".

Lo hice. Respiraba y concentrada en no ponerme tensa. Esto causó que la punta de su dedo se deslizara dentro de mí. Gemí, me apreté.

"Mierda, cariño, estás apretando mi pene".

Me montó entonces, follándome mientras se deslizaba hacia adentro y afuera de mi trasero. No más profundo de la entrada inicial, pero eso fue suficiente. Dios, cuando lo sacó, encendió terminaciones nerviosas que ni siquiera sabía que existían y me vine. Fuerte. Así como muy, muy fuerte y grité, deseando más. Empujé mis caderas hacia atrás, encontrándome con él en cada embestida.

Finalmente su control había desaparecido. A pesar de que había retirado su dedo de mí, las sensaciones persistieron. Me tomó, más duro, más rápido y más profundo. Durante más y más tiempo hasta que me vine una vez más. Únicamente entonces se vino él finalmente, llenándome justo como lo había hecho Sam, marcándome adentro y afuera con su semen.

Justo ahí con ellos, estaba en casa. Llena de ellos, mi cuerpo y mi corazón.

"Si no supiera que acabas de montar un caballo por dos horas, pensaría que Ashe y Sam te rompieron", dijo Cricket, meneando su cabeza lentamente y riéndose por la forma en la que estaba caminando por el camino. Estaba de pie en el porche de la casa principal del Rancho Steele observándome mientras yo avanzaba cautelosamente por la caminata. Ella llevaba al bebé Locke en una manta de fútbol, su pequeña mano rechoncha metida en su boca babeante.

Habían pasado dos días antes que alguno de ellos Sam o Ashe me dejaran salir de la cama. No me había importado porque yo había estado tan insaciable como ellos. Pasamos el rato follando, definitivamente, pero también hablando, conociendo las cosas que debimos haber conocido quizás antes de la noche salvaje en Boston. Pero parecía que lo convencional realmente no funcionaba para nosotros y tuvimos nuestra primera cita real en la cama de Sam y sin ropa.

Con los mensajes de texto y los mensajes de voz acumulados sobre un viaje de chicas a Bozeman para ir de compras, finalmente les había dicho a los chicos que teníamos que hacer presencia en el rancho, de otra manera mis hermanas aparecerían y comenzarían a golpear la puerta de Sam. Ninguno estaba demasiado emocionado sobre eso—ellas apareciendo en la casa—porque su casa era nuestro santuario.

Pero mis hermanas no podían ser retenidas por tanto tiempo. Además, los chicos tenían trabajo que hacer. Originalmente yo había venido a Montana para informarme de mi herencia—porque entonces odiaba a Sam y a Ashe—pero ahora también era para conocer a mis hermanas. No le había dicho a RH por cuánto tiempo iba a estar fuera del trabajo, pero justo en este momento, realmente no me importaba. La oficina y el manoseador Alan estaban a dos zonas horarias de distancia.

Sam y Ashe me trajeron al Rancho Steele justo después del desayuno. Cuando Jamison—no solo el esposo de Penny sino el capataz del rancho—escuchó que yo nunca había montado a

Enlazada

caballo excepto en un campamento de verano, insistió en ser guía turístico y guiar la montada para que pudiera ver las tierras que había heredado. El clima estaba más cálido, al menos por el momento, con el sol brillando...y afortunadamente nada de viento. Penny había querido unirse, en vista del tiempo que no había podido hacerlo mientras estaba embarazada, así que Patrick ayudó a Jamison a preparar cinco caballos.

Después de un paseo de dos horas sin prisa, desmonté, chueca e inflamada, pero nada peor a cuando era follada por mis hombres. Lo cual era la razón de la broma de Cricket.

Miré a Sam. Él era lo suficientemente inteligente para no decir nada, pero sonrió sin embargo. Se agachó y murmuró: "Si no caminas así después de que te follamos, no lo estamos haciendo bien".

Ashe se rio. "Cuando llegues a casa más tarde, si tu trasero y muslos están inflamados todavía, yo estaré feliz de frotarlos".

Gemí ante el pensamiento de un masaje y lo que Ashe haría después.

"Si siguen hablando así, no voy a ir a ninguna parte con las chicas", respondí.

Ashe se inclinó y me besó.

"¡Ey! Nada de eso", dijo Cricket. "Kady está en una misión".

Ashe se separó, recorrió mis mejillas con sus nudillos. Su mirada estaba encendida de promesa y humor. "Anda, diviértete".

Sam me giró, también me besó. "No demasiada diversión".

Caminaron hacia la camioneta de Sam y se marcharon.

Miré a Cricket en el porche. "Como dije, creo que o Sam, o Ashe o el caballo que montaste te rompieron".

Subí por el camino, caminando cautelosamente. "Mis paredes internas estaban temblando por abrazar los costados del caballo y mi trasero todavía estaba entumecido por la silla. "Sí, no carezco de resistencia solo por montar un caballo, sino por follar a dos hombres por dos días sin parar", gruñí.

Enrolló su brazo a mi alrededor y me guio hacia adentro. "Deberías tomar a tres chicos a dar una vuelta".

¿Tres? Dios, solo me podía imaginar el tipo de cosas que hacía con Sutton, Lee y Archer. Mi vagina gimió ante esas atenciones.

"Ya Sarah y Kady están aquí", continuó ella. "Después de que Penny y tú se den un baño y ella alimente al pequeño Locke, nos podemos ir". El bebé metió su mano ávidamente dentro de su boca. Ella había sido la niñera mientras Penny estaba montando con nosotros.

Gruñí. "Una ducha caliente suena fabuloso".

"No te tardes tanto, Kady está ansiosa por llegar al centro comercial".

"¡Lo estoy!", gritó Kady de alguna parte dentro de la casa. "El clima está cambiando y los hombres quieren que volvamos antes de que oscurezca. Si no estás lista para salir en treinta minutos, te voy a arrastrar al auto".

"Ella también lo hará", susurró Cricket. "Y Penny tendrá que amamantar a Locke levantando su camisa y recostándose contra al asiento del auto".

Dios, se sentía bien tener hermanas. Una familia. Kady se preocupaba lo suficiente por mí para molestarme y fastidiarme, para tener experiencias la una con la otra de alguna manera, y de alguna forma, amamantar a un bebé de una forma tan extraña. Si eso no era una señal de un enlace cercano con una hermana, no sabía qué lo era.

9

NATALIE

Había manejado de Bozeman a Barlow el día que llegué al aeropuerto. Era algo bueno porque de alguna forma nos estaba llevando a todos a casa después de nuestro día de compras. Todas habían tomado vino con su cena temprano. Yo me había tomado un relajante muscular para aliviar el dolor en mi trasero—literalmente—así que no tomé alcohol. No estaban ebrias, especialmente porque Kady y Penny estaban amamantando, pero yo realmente me había ofrecido de voluntaria para ser la conductora.

La SUV de Kady era gigante. Un tanque comparado con mi auto, el cual era perfecto para las calles estrellas de Boston y para estacionarse. Y manejar el gigante se sentía como dirigir un tanque; de encendido suave y frenos pesados. Pero estaba bastante lejos del suelo y le cabían cinco mujeres y dos asientos de auto con las tres filas de asientos.

Habíamos dejado la autopista atrás y estábamos a treinta minutos de Barlow en la carretera de dos carriles de regreso. Esta pasaba por una montaña con giros y vueltas. Kady tenía razón, el clima había cambiado, especialmente en la elevación más alta. La carretera estaba húmeda por la lluvia mezclada con nieve y me preocupaba que se pusiera pegajosa.

"Luces como si estuvieras concentrada para tu prueba de manejo", dijo Sarah.

Ella estaba en el asiento del copiloto a mi lado, Cricket y Kady en el asiento de atrás con Cecily en su asiento de auto entre ellas, Penny en la tercera fila con el asiento de Locke a su lado.

Aflojé mi pie sobre el pedal ante sus palabras y le ofrecí una pequeña sonrisa. Ni siquiera me había dado cuenta de que estaba inclinada hacia adelante hasta que respiré profundo, me relajé. "No estoy acostumbrada a estas carreteras". Señalé con la cabeza hacia atrás. "Y tenemos carga preciada".

Sarah se puso una mano en el pecho. Llevaba una blusa blanca con una chaqueta de primavera de color amarillo. Lucía como una bibliotecaria santurrona, pero cuando vi el relieve de los anillos de pezones a través de su sujetador cuando nos estábamos probando ropa, tuve que asumir que no era tan santurrona como parecía. Al menos con Wilder y King.

"¿Yo no soy una carga preciada?", preguntó sonriendo.

"Todas lo somos", respondí. "Creo que Aiden Steele fue un idiota".

Eso consiguió un resoplido de Cricket. Moví la mirada hacia al espejo retrovisor, la vi poner los ojos en blanco.

"Obviamente él se saltó las clases de sexo seguro en la escuela. Quiero decir, ¿el tipo no sabía cómo usar condones?"

Ella tenía un punto.

"Creo que era un hombre solitario", añadió Kady. "Nunca se casó. Por lo que dijo Jamison, siempre vivió solo en esa casa grande. Tenía cinco hijas. ¡Cinco! Al menos él sabía de ti, Sarah, pero eligió no tener una relación contigo. Con ninguna de nosotras. Creo que eso es triste".

Bajé la velocidad en un cruce. El cielo se estaba llenando con nubes pesadas, nieve ligera cayendo. Eran casi las seis, no estaba cerca de estar oscuro. La visibilidad era buena, pero era una carretera de montaña. Caídas profundas, curvas afiladas, montones de animales cruzando las calles.

Había aprendido que Sarah era la única de nosotras que había crecido en Barlow. Ella sabía que Aiden Steele era su padre y él nunca se acercó a ella. Esto me dejó alucinando porque a pesar de que Peter no era el mejor padrastro en el mundo, él *había estado* ahí para mí. Para cenar a las seis todas las noches. Él incluso interrogó a Ethan French cuando me fue a buscar para mi primera cita en el onceavo grado. A pesar de que Sarah parecía estar relativamente bien con ser ignorada como lo había sido, solo podía imaginarme que tenía cargas serias con las que lidiar. Por lo que dijo, todos habían estado sorprendidos, incluyendo a Wilder y a King, de su parentesco cuando finalmente les dijo a todos en el invierno. Aunque dudaba que los demás divulgaran algún secreto, Sarah era una bóveda.

"Aunque él nos juntó a todas. Kady tiene razón, es triste que haya tenido que morir para lograrlo", añadió Penny. "No estoy diciendo que él me hubiese gustado mucho, pero saber que estuvo ahí afuera hasta el año pasado me hace sentir que me perdí conocerlo".

Locke se agitó y luego se levantó. No había escuchado ni un ruido de Cecily y asumí que estaba dormida. A esa chica parecían gustarle las vibraciones del SUV y se había drogado todo el camino a Bozeman. Por supuesto, tan pronto como el carro se detuvo, gritó a muerte porque tenía hambre. Kady se había quedado en el auto y la había amamantado antes de unirse a nosotras en el centro comercial.

"Tú solo tienes que decidir quedarte", dijo Sarah.

Me relajé en una recta corta antes de que una señal indicara una curva a la izquierda más adelante.

Las otras se quedaron en silencio y supe que todas me estaban mirando fijamente.

Quedarme en Barlow.

Sarah no mencionó a Ashe o a Sam en su aseveración, pero estaba dado por sentado. Si me iba a quedar, me quedaría con ellos. Además, si terminaba odiando sus tripas, aun así mis hermanas querrían que me quedara y sabía que apoyarían.

No había tomado la decisión acerca de mudarme a Barlow y realmente no había hablado sobre esto con Sam y Ashe. Los dos apenas me habían dejado salir de la cama lo suficiente para comer un bocadillo y mucho menos considerado la posibilidad de mudarme al otro lado del país. Éramos cercanos. El enlace que compartíamos era muy, muy bueno y me había enamorado de ellos. Fuerte. Si me lo admitía a mí misma, me enamoré de ellos desde la primera vez que los vi, justo como dijeron que había sido para ellos. Amor a primera vista.

Era solo eso...cosa que vislumbraba, pero estaba siendo ignorada. Especialmente por mí.

"Eso es cierto", añadió Kady. "Entonces todas podemos estar juntas. Una familia grande".

La idea era atractiva. Se sentía...bien tenernos el uno al otro, ver a Cecily y Locke y saber que serían más que primos. Con todos los hombres de Barlow siendo tan jodidamente viriles, asumía que los dos bebés no iban a ser mis únicos sobrinos.

Eso me hacía pensar en tener un bebé con Ashe y Sam. Era una locura, pero posible. No justo en este momento porque estaba usando la píldora, pero no tenía duda de que cuando las dejara quedaría embarazada con que solo me miraran. Me retorcí pensando en los chicos, y en el hecho de que mi trasero todavía estaba inflamado. Todo esto, incluso el trasero entumecido me mostraba lo que podía ser vivir aquí. Lo que mi vida podía ser—

¡Bam!

El sonido de un neumático espichándose fue ruidoso. Un golpe o un estruendo profundo, pero el SUV se movió violentamente y estaba contenta de que estaba agarrando el volante porque se sacudió. Fuerte.

Enlazada

La mano de Sarah golpeó el tablero y salieron jadeos de atrás y ni siquiera podía pensar en eso. Puse el pie en el freno instintivamente y giramos. Mis clases aburridas de manejo en el invierno con Peter me sirvieron y saqué un poco el pie del freno, sabiendo que patinaríamos y yo me sobrepasaría. Cómo pensé en todo eso, no tenía idea. Fue como si el tiempo se hubiese acelerado y desacelerado a la vez. El instinto se hizo cargo.

Los neumáticos patinaron, chirriaron y estaba agradecida de que no estaba pasando un auto.

"Oh mierda". Nos estábamos dirigiendo a la barandilla, lo único que nos separaba de la orilla rocosa empinada. No era un acantilado, pero si caíamos en él, iba a ser malo.

Así que lo corregí intencionalmente, girando el volante bruscamente a la izquierda. El frente giró a la montaña, pero la parte trasera del SUV se estrelló contra la barandilla, haciéndonos rebotar por toda la carretera.

Golpeé los frenos, el antibloqueo haciendo efecto con esfuerzo y patinamos acerca de quince pies hacia una parada inestable. La cabeza de Sarah salió hacia adelante y nuestros cinturones nos atraparon. Estábamos en la carretera diagonalmente, pero en el lado contrario. Ahora era obvio que la llanta izquierda de adelante se había espichado, porque el SUV se cayó en esa dirección.

Tenía el corazón en la garganta y estaba sudando.

"¿Todos están bien?", pregunté mirando a Sarah, luego girándome para mirar atrás. Penny, Kady y Cricket asintieron, pero lucían jodidamente asustadas. Kady y Penny estaban inclinadas sobre los asientos de auto, calmando a sus bebés, aunque ninguno hizo un sonido. Tenía la sensación de que ellas solo estaban aliviados de que estuvieran bien.

Un vehículo se detuvo y salió un hombre. Me desabroché el cinturón, me ayudé a salir. Aparte de mi inflamación de la montada de la mañana, estaba bien. Temblorosa, pero bien. El hombre tenía unos cuarentas, su camioneta de doble cabina.

Estaba vestido como para una vida de rancho y tenía un rifle descansando en la ventana trasera. Tenía el cabello canoso, una barba completa. Le aseguré al tipo que nadie estaba lastimado, sino que el daño lo recibió la SUV.

Una camioneta de último modelo bajó la velocidad a paso de tortuga, un accidente en automóvil con mucha suerte. Apenas miré al conductor porque el hombre que se bajó a ayudar me estaba hablando, pero volví a mirar. Había sido ese—

"Vamos a llamar a la policía del estado", dijo él sacándome de mis pensamientos. La camioneta se había ido y todavía estábamos parados en el medio de la carretera. La parte posterior terminó triturada. "También necesitarán una grúa".

"Somos cinco en el auto", le dije. "Todas tenemos teléfonos, así que nosotras podemos hacer las llamadas".

Sarah salió y escuché a uno de los bebés llorando, luego fue silenciado cuando ella cerró la puerta, más que nada para mantener el calor adentro.

"¿Golpeaste un trozo de hielo?", preguntó él caminando por todo el neumático plano.

Hacía frío, la nieve cayendo. No fue tan difícil de pegar, pero la carretera estaba mojada.

"No. O, no lo creo. No fue como si me deslicé y metí el neumático en algo. Solo se espichó".

Él se agachó, estudió el neumático, luego se puso de pie.

"Está triturado. Es extraño porque la suela está bien".

"Llamé al 911", dijo Sarah. Se había puesto un abrigo y me tendió uno. Ni siquiera me había dado cuenta de que tenía frío hasta entonces. "También llamé a Archer. Cricket dijo que él estaba trabajando hoy".

Archer sabría a quién llamar, qué hacer. Yo no sabía sobre jurisdicción entre agencias, pero sí conocía a nuestros hombres. Ellos estarían aquí con toda su fuerza lo suficientemente pronto.

"Alguien—"

"Cricket llamó a Sam. Ellos vendrán pronto".

Dejé salir un respiro, aún sentía la adrenalina. Dios, yo solía lidiar con estas cosas por mí misma. No se me había espichado una llanta antes, ni había tenido a cinco mujeres y dos bebés muertos por caer a un acantilado, pero había estado sola por un tiempo. Saber que ya venían Sam y Ashe me hizo darme cuenta en ese momento de que *siempre* había querido que llegaran. Que estuvieran ahí para mí.

10

 SHE

Cuando sonó el teléfono de Sam esperaba que fuera Natalie, para decir que habían decidido pasar la noche en Bozeman, o que se habían tardado en regresar porque se habían divertido demasiado en las compras.

"Es Cricket", dijo él, frunciendo el ceño mientras contestaba la llamada.

Un segundo después, no me había esperado la mirada en el rostro de Sam, o la forma en que se puso de pie y golpeó su silla. Estábamos en un restaurante de la Calle Principal con Jamison y Boone y mientras Sam reaccionó, sonó el teléfono de Jamison. Él sabía que no iba a ser bueno y se puso el teléfono en el oído. "Gatita", murmuró él mirando a Boone.

Sam me miró a mí y a Boone mientras él colgaba. "Un neumático espichado. Cricket dijo que todos están bien, pero están arriba en el Paso Culver".

Mierda. Ese paso era famoso por sus accidentes. Unos

Enlazada

realmente malos donde los autos se habían deslizado hacia la barandilla y hacia la orilla empinada. La inclinación era suficiente para que si algo pasaba, continuaba hasta caer al final, cientos de pies hacia abajo. Los frenos habían salido en el lado oeste del paso lo suficiente donde se había construido un carril de un camión fuera de control.

La SUV que ellas manejaban era grande y tenía las últimas características de seguridad, pero el hielo o la nieve, un camión cisterna fuera de control o incluso un animal cruzando la carretera enfrente de ellas puede que sea demasiado para esto.

"¿Por qué Natalie no nos está llamando?", pregunté. Agarré mi teléfono, la llamé, pero no contestó.

Boone sacó su billetera, lanzó un puñado de dinero en la mesa sin siquiera contarlo. Estuvimos fuera de la puerta en cuestión de segundos, Jamison seguía en el teléfono. En todo lo que podía pensar era Natalie y en por qué no contestaba. Estaba seguro de que Cricket había dicho que todos estaban bien, pero dudaba que iba a estar satisfecho con esa respuesta hasta que viera a Natalie—a todas ellas—yo mismo. Al menos escuchar su voz.

Sam sacó sus llaves. Los cuatro nos metimos en su camioneta grande y se introdujo al tráfico. Era casi imposible ir solo a veinticinco por el pueblo cuando quería que acelera hasta el fondo.

Mierda. *¡Mierda!*

La sonrisa de Natalie, la sensación de su piel, el sonido de su risa llenaban mi cabeza. La amaba. Nosotros apenas la habíamos encontrado y la quería para siempre, que no me la quitaran por una semana.

Las otras mujeres también. Si algo les pasaba a ellas—

Apagué la radio para que pudiésemos escuchar el lado de la conversación de Jamison y para que pudiera intentar llamar a Natalie otra vez. Él había recibido información de que nadie estaba herido, los bebés estaban perfectamente bien. Eso había calmado todas nuestras mentes, pero solo me podía imaginar cómo estaban en pánico Riley y Cord, pero Penny había dicho que ellos también estaban hablando con Kady. El neumático se espichó en un cruce y el auto se detuvo en el lado contrario de la carretera. Alguien que iba pasando se había detenido a ayudar, les había puesto sus herramientas y levantó el auto.

"Pregúntale a Penny por qué Natalie no contesta su teléfono".

Después de unos cuantos segundos, Jamison dijo: "Está afuera de la SUV hablando con un tipo que se detuvo a ayudar".

Se había calmado un poco el pánico que estaba como una mordaza alrededor de mi corazón. Solo tenerlo a él hablando con Penny me hacía sentir un poco mejor. Ella estaba bien. Asustada, pero no lastimada. Locke estaba bien. Ella era nuestra conexión en este momento en vista de que Natalie estaba ocupada y las otras mujeres estaban mayormente hablando con sus hombres. Ella nos diría si algo cambiaba, si alguna de las mujeres o Cecily de alguna manera estuviera lesionada. Algunas veces una herida se hacía evidente después de que pasaba el efecto de la adrenalina.

La mía no lo había hecho. No me iba a sentir mejor hasta que las viera, hasta que tuviera a Natalie en mis brazos. Demonios, no me iba a sentir mejor hasta que la tuviera en casa, desnuda, para poder revisar cada centímetro de ella. Luego follarla. Fuerte, para saber que ella estaba conmigo, bien. Jodidamente completa.

Intenté llamarla a su teléfono una vez más, luego lancé el mío al centro de la consola.

Miré a Sam, sabía que estaba pensando lo mismo, que queríamos escuchar su voz, solo *estar* ahí con ella, pero no lo quería distraer. Su mandíbula estaba apretada, su agarre apretado sobre el volante.

Una vez que pasamos los límites del pueblo, Sam hundió el

Enlazada

acelerador. Conocíamos a los oficiales del pueblo y por lo que había escuchado vía Penny, ellos también estaban en camino. Archer, especialmente, ya que él estaba trabajando hoy.

Jamison le pasó el teléfono a Boone. Como un doctor de sala de emergencias, hizo preguntas específicas sobre cinturones de seguridad, moretones, pérdidas de consciencia, bolsas de aire y otras cosas que nunca había considerado. Pero como él había esperado hasta que Jamison hablara, tuve que suponer que era más para calmar su mente que por salvar vidas. Pero luego recordé que Cricket era enfermera. Ella era inteligente y tenía la cabeza puesta sobre los hombros. Ella no hubiese llamado a Sam si tuviese que dar primeros auxilios.

Tomó veinte minutos llegar a las mujeres, no treinta como debería. Nos estacionamos a un lado y salté antes de que el auto estuviera en el sitio. Habían dos autos de patrullas estatales además de una SUV del alguacil, la cual asumía era de Archer. Luces rojas y azules encendidas. Había un montón de mano de obra para un neumático espichado, pero estábamos en un una curva y asumí que iba a nevar fuerte aquí arriba tan pronto como el sol se escondiera y bajara la temperatura. Nadie quería otro accidente.

La SUV estaba justo como había dicho Cricket, de frente en dirección opuesta y en el lado contrario de la carretera. Podía ver el neumático espichado en la distancia. La parte trasera estaba destruida como si se hubiese estrellado por toda la barandilla.

Entonces vi a Natalie hablando con Archer. Mi corazón tambaleó, luego se acomodó. Demonios sí. Ahí estaba ella.

Todo lo que hice fue correr hacia ella, Sam a unos pocos pasos detrás de mí porque él había tenido que apagar la camioneta. Vi a Jamison dirigiéndose a la SUV por fuera del rabillo de mi ojo. Penny salió volando de la puerta y saltó a sus brazos. Boone los pasó y se agachó hacia la camioneta, probablemente para ver a Locke.

Natalie se volvió, nos miró y caminó hacia nosotros. Sus ojos estaban ensanchados, sus mejillas pálidas y su barbilla levantada. Pero tan pronto como alcanzamos diez pies, comenzó a tambalearse.

Demonios.

Se veía completa, pero cuando la atraje para abrazarla, sentí su cuerpo suave y fuerte, respiré su olor, supe la verdad en esto.

"Maldición, cariño. Me asustaste demasiado".

"A mí también". Sam se puso de pie al lado de nosotros, llevó su mano sobre el cabello de ella.

"Sí, bueno, yo también me asusté demasiado", añadió ella, después rompió en llanto.

Cubrí su cabeza, la abracé fuerte. Me agaché, besé la parte superior de su cabeza y solo la sostuve. Estaban sucediendo las cosas a todo nuestro alrededor. Boone llevaba a Locke en su asiento de auto hacia la camioneta de Sam. La SUV de Sutton se estacionó con otra justo detrás. Él, Lee, Riley y Cord salieron de la primera, Wilder y King de la segunda. Nadie lucía feliz, sus ojos apreciando la escena, buscando a sus mujeres. Conocía la sensación de urgencia.

Boone señaló hacia la SUV y se dirigieron en ese sentido, piernas largas acortando la distancia. Podía ver a las mujeres adentro, posiblemente manteniéndose calientes y fuera del camino. Y a Kady con Cecily. Jamison tenía su brazo enrollado alrededor de Penny y siguió a Boone. Una grúa se estacionó, el motor crujiendo, humo de diésel llenando el aire fresco. Un oficial del estado hizo que se acercara.

Estaban pasando tantas cosas, pero todo lo que me importaba era Natalie. Todos los chicos estaban aquí y podían hacerse cargo de sus propias mujeres.

Cuando su llanto disminuyó, se separó, se limpió el rostro. "Lo siento, supongo que la adrenalina se apagó".

Sam le apartó su mano y le limpió las lágrimas él mismo,

luego me la quitó. La abrazó. "Eso debe haber sido aterrador. Manejaste increíble".

Se rio. "Mi padrastro me enseñó a manejar. Me obligó a aprender a manejar la nieve, climas malos y condiciones complicadas. En ese momento odié cada segundo, pero supongo que tengo que llamarlo y agradecerle".

Archer se acercó y miró de Natalie hacia mí. Asentí, diciéndole que ella estaba bien. Él no se veía demasiado feliz. Sus manos fueron a sus caderas. "¿Tú dijiste que el neumático simplemente se espichó, Natalie?"

Ella asintió, luego señaló. "Por allá, justo antes del cruce".

Podía ver marcas de neumáticos en la carretera detrás de la SUV, vi a donde había estado apuntando cuando giró hacia los carriles que se aproximaban. Pude ver que no había nada más allá de la barandilla, que si se hubiesen ido, todos estarían muertos.

La mandíbula de Archer se apretó y levantó algo.

Fruncí el ceño. "¿Qué demonios es eso?"

Era un pedazo pequeño de metal oscuro con tres clavos. Un triángulo extraño.

"Un obstáculo. Un pincha neumáticos".

Natalie se lo quitó a Archer. Era lo suficientemente pequeño para caber en su mano.

"Cuidado. Son muy afilados", advirtió él. "Lo encontré abajo por donde dijiste que se espichó el neumático", añadió él, señalando alrededor de la curva.

"¿Qué?", gritó Sam. Se alejó, caminó en círculos, frotó la parte trasera de su cuello. "¿Estás diciendo que esto estaba en la carretera?"

Archer lo tomó de nuevo de la mano de Natalie, se encogió de hombros. "Solo encontré este y estaba en la esquina. Pudo haber estado ahí por un tiempo. Quién demonios sabe".

"Eso no es una broma de adolescentes", añadí señalando al clavo. Los policías lo usaban para detener carros en persecuciones.

Natalie se quedó inmóvil. Su respiración salió en pequeñas nubes. "Yo no vi nada y me estaba concentrando mucho en la carretera también. Estaba nevando como ahorita". Levantó la mirada hacia el cielo gris, los ligeros copos de nieve. "No demasiado fuerte, pero más abajo estaba lloviendo. Por ser de Boston sé cómo manejar en climas templados, pero nunca había manejado una SUV tan grande. Dios, esa cosa fue realmente difícil de detener".

Archer le dio una sonrisa tranquilizadora. "Lo hiciste bien. Realmente bien".

"Ella ha estado afuera en el frío por un largo rato. ¿Podemos sacar a las señoritas de aquí?" No tenía ningún interés en permanecer un segundo más de lo necesario. Archer sabía dónde encontrar a todas las mujeres si necesitaba hacerles preguntas. Demonios, tenía a una de ellas en su cama. La patrulla del estado podía manejar la grúa. Y con respecto a la SUV, no me importaba una mierda. Dudaba que a los otros hombres les importara tampoco.

"Definitivamente. ¿Por qué no nos reunimos todos mañana en la casa principal?", preguntó Archer. Su radio cantó. "Creo que todos vamos a necesitar un rato tranquilo con nuestras mujeres".

Miré a Sam, el cual asintió y le dio un apretón de manos a Archer.

Yo estuve de acuerdo, luego tomé la mano de Natalie, caminé hacia la camioneta de Sam. Los chicos estaban cargando las últimas bolsas de las compras y abrigos de la SUV dañada, colocándolas en la maleta del auto de Wilder. Las mujeres y los bebés estaban metidos en tres vehículos. Todos estábamos listos para irnos. No tenía ningún interés en ver esta sección de carretera nunca más.

Sam levantó la consola del centro y ayudé a Natalie a entrar así que se sentó enfrente entre nosotros dos. No la quería nada lejos y aseguré su cinturón de seguridad por mí mismo. Penny y Boone estaban en el asiento trasero, el asiento del auto entre ellos. Penny estaba mirando a Locke, sonriendo mientras le daba un chupón. Boone asintió y Sam no esperó ni un minuto más.

Manejamos de regreso al pueblo. Sostuve la mano de Natalie en todo el camino. No creo que la dejara ir nunca.

11

𝒩ATALIE

Me sobresalté, jadeé y mis ojos se abrieron de golpe. Durante un segundo no supe donde estaba, observando la habitación oscura, intentando entender cómo la ventana de mi habitación terminó en la pared equivocada, que la puerta hacia el baño estaba a mi derecha. Luego vino hacia mí. No estaba en Boston en mi apartamento. Estaba en la habitación de Sam. Montana.

Él estaba enrollado a mi alrededor, de frente a mi espalda, un brazo voló por encima de mi cintura. Sentí su respiración pareja en mi cuello, su brazo mi almohada. Estaba a salvo. Cálida. Cómoda. Aun así, mi mente no me dejaba instalarme en un sueño profundo. Ellos me trajeron a casa, me alimentaron, se ducharon conmigo, me follaron. No fue amable, sino frenético. Ni siquiera estaba segura cómo o por qué habían esperado a pasar por la puerta de entrada antes de estar sobre mí. Pero lo habían hecho. Y habían estado sobre mí por dos horas, tomándome más de una vez. Habían estado duros y listos para mí, pero incluso después de venirse, ellos *todavía* habían necesitado hundirse dentro de mí, tocarme, besarme, justo como yo los había deseado a ellos. Para saber que estaba viva, para sentir el placer que venía cuando estábamos juntos. Eso me había tranquilizado finalmente, me puso a dormir.

Pero ahora estaba despierta una vez más. El reloj en la mesita de noche decía cuatro. Podía escuchar la lluvia afuera de la ventana y supe que el amanecer estaba muy lejos. Sentí su semen entre mis piernas, tanto de esto, todavía escurridizo y pegajoso mientras se deslizaba de mí. Me dolía adentro en lo profundo; ellos no eran hombres pequeños. Me sonreí a mí misma, una sonrisa de pura satisfacción femenina. Tenía dos amantes que eran voraces, ansiosos y muy talentosos dándome placer. Solo a mí. Ellos eran hermosos y no dudaba que las mujeres les cayeran encima todo el tiempo, y aun así ellos me querían a *mí*. Sam me estaba abrazando en este momento, Ashe dormido en la habitación de huésped.

"¿Estás bien?", murmuró Sam, su voz rústica por el sueño. Se agitó, deslizó su mano por mi brazo hacia arriba y hacia abajo.

"Tienes el sueño ligero", respondí.

Me besó la parte posterior de mi cuello. "No estoy acostumbrado a tener una mujer en mi cama".

Solté una pequeña risa. "No puedo creer eso".

"No soy un monje, cariño, pero tú eres la primera mujer que ha estado en mi cama".

Me quedé inmóvil, pensé en lo que dijo.

"Quieres decir—"

"Tú eres la primera mujer que alguna vez he traído a casa. La primera que he querido aquí. Amo abrazarte así".

"¿Qué hay de Ashe?" No tenía idea acerca de estar con dos hombres al nivel de una relación. Sexo con dos chicos, era bastante obvio lo que querían. Pero cuando no estábamos follando, ¿ellos estaban celosos el uno del otro? ¿Ashe se sentía abandonado por estar en la otra habitación?

"Estoy seguro de que él también ama abrazarte". Besó mi

sien otra vez. Suavemente. "Eres nuestra, Natalie. Creo que hemos dejado eso claro. Te queremos a ti. Te queremos en nuestras camas. A largo plazo. No hemos hablado sobre que regreses al este, pero tienes que saber que queremos que te quedes. Y si lo haces, nos obtienes a los dos. Si nos tendrás a nosotros, eso es todo".

"Yo...temprano en el paso, sabía que irían, que solo tenía que esperar a que llegaran y todo estaría mejor. Que no tendría que lidiar con eso sola".

Él se deslizó hacia atrás, me volteó así que quedé de espaldas y él se cernió sobre mí, se apoyó de su codo.

"Ah, cariño". Se agachó, besó mis labios. Una vez. Dos veces. Sus dedos se movieron a mi cabello, lo peinaron hacia atrás, una y otra vez alisándolo. Sabía que podía ser tierno. Dulce, incluso, pero él nunca había sido así. El neumático espichado realmente nos había puesto sensibles y vulnerables a todos.

"Puede que te marches por ti misma, pero siempre te encontraremos", murmuró él.

Lo sentía, sabía que era cierto. Ellos eran investigadores después de todo. Y se sentía bien. Taaaaan bien, como si, bueno, como si yo fuera preciada. Que era querida. Necesitada, incluso. Mi corazón estaba lleno.

"¿Y con respecto a Ashe? Él tendrá que hablar por él mismo, pero tú también eres suya. Pero puedes ser suya y estar así conmigo. Algunas veces estarás con él. Y algunas veces, como más temprano, estaremos contigo juntos.

No dije nada, solo consideré sus palabras. No habíamos hablado sobre que me quedara. No habíamos hablado sobre mi empleo o mi vida en Boston. Todavía tenía que decidir, así que solo me quedaba en silencio. Estar aquí, estar en los brazos de Sam, también en los de Ashe, como más temprano a un lado de esa carretera miserable, fue increíble. Me había enamorado de ellos. Fuerte y rápido. ¿Pero eso significaba que podía dejar atrás mi vida en Boston? No era como si tuviera demasiado tiempo para pensarlo. Y ahora mismo no quería hacerlo.

"¿Quieres hablar sobre eso?"

"¿De qué exactamente?", pregunté. ¿Quedarme en Montana? ¿El accidente? ¿Estar con dos hombres? ¿Cómo me había enamorado de ellos? Y ni siquiera habíamos mencionado lo que nos unió en primer lugar. La herencia de Aiden Steele.

"Lo que sea". La sensación de su tacto era reconfortante. "¿Qué te despertó? ¿Tuviste una pesadilla?"

Me encogí de hombros ligeramente con mi hombro desnudo.

"Quizás. No lo recuerdo. Solo...perturbado".

A pesar de que estaba oscuro, podía ver su rostro, sus ojos de preocupación. Levanté mi mano, cubrí su mandíbula, sentí lo rústico de su barba.

"¿Esos cuatro, no...cinco orgasmos que te dimos más temprano no fueron suficientes?", se preguntó él.

Sentí su sonrisa contra mi mano.

Su alegría me relajaba, pero sus palabras me ponían deseosa. Mi cuerpo estaba respondiendo al suyo presionado contra mí. Cada centímetro desnudo de este. Y su pene estaba duro contra mi cadera. Nunca antes había tenido sexo como este. Explosivo, vaporoso, salvaje. Mi cuerpo lo anhelaba.

Negué con la cabeza, me mordí el labio.

"Nuestra chica está golosa por nuestros penes, ¿ah?", preguntó él, quitando mi cabello de mi rostro.

Su pene palpitó contra mí y sentí el calor húmedo de líquido pre seminal mientras se chorreaba a mi lado.

"Tú estás tan necesitado como yo", contesté, moviéndome para poder acercarme a él, agarrar la base de su longitud caliente y deslizar mi muñeca de arriba hacia abajo.

Siseó, sus caderas se sacudieron.

"Necesitas a tus dos hombres, ¿no es así?" Su tono de voz había bajado un octavo.

Mi mano se paralizó y levanté la mirada hacia él. Lo hacía.

También quería a Ashe. Quería sentirme rodeada, sentir cuatro juegos de manos, y dos penes. Definitivamente. Pero después me preocupé.

"Ah, cariño. Puedo leer tu mente. No me molesta que también quieras a Ashe. Lo llamaremos para que venga y te daremos lo que necesitas, después en la mañana, quizás me meta debajo de la cama y te despierte con mi cabeza entre tus muslos. Sabes que amo comer tu vagina. Y sabiendo que hemos estado en ti toda la noche, que nuestro semen todavía te llena..."

Gimió y yo me puse húmeda.

"¡Ashe!", gritó él. "Ven aquí, nuestra mujer necesita otra follada".

"Sam", gruñí, avergonzada. Volteé mi rostro a su pecho, lo respiré. Jabón y hombre sexy.

Pero cuando, segundos más tarde, Ashe apareció por la puerta, desnudo y bastante excitado, ya no estaba avergonzada. No, se me hizo agua la boca por tenerlos a los dos otra vez. Una locura porque solo habían pasado unas pocas horas. Era una completa zorra por Ashe y Sam.

Ashe se golpeó él mismo con el puño cerrado, sacudió desde la base a la punta. La comisura de su boca se levantó. "¿Necesitas más de esto?"

Me senté, dejé que la sábana se cayera a mi cintura. "Sí, pero quiero estar a cargo".

La mano de Ashe se paralizó mientras sus ojos se cayeron a mi pecho y sonrió. Se acercó a la cama, se metió a mi lado, se acostó de espaldas así que quedé en el medio, poniendo sus manos debajo de su cabeza. "Soy todo tuyo".

Sí, lo era, cada centímetro duro delicioso de él.

Sam se cambió a la misma posición que Ashe y yo me di media vuelta para enfrentarlos. Dos hombres desnudos y muy excitados a cada lado, penes inclinándose hacia arriba. Mi vagina se apretó en anticipación.

"Espera", dijo Sam levantándose y colocando su mano sobre mis ojos suavemente. "Ciérralos por un segundo".

Lo hice y sentí la sábana de la cama, después los colores detrás de mis párpados. Él encendió la lámpara de la mesita de noche. Parpadeé lentamente, dejé que mis ojos se ajustaran. Era una luz tenue, no demasiado brillante, pero ahora podía verlos definitivamente. Y ellos me podían ver a mí.

"Mucho mejor", dijo Ashe. "Amo ver a nuestra chica mientras monta nuestros penes".

Me ruboricé.

"Después de lo que hemos hecho juntos, ¿todavía estás tímida?", preguntó él.

Aparté la mirada, me encogí de hombros. Estaba arrodillada entre ellos. Podían ver todo, mis pezones duros y un rastro de mi vagina.

"¿Pero nos quieres a tu merced?"

Me encontré con su mirada verde. "Sí. Los dos son tan... mandones. Dominantes. Eso me hace perder la cabeza y entonces no puedo disfrutar ver sus caras cuando se vienen. No puedo ver lo que los calienta".

"Cariño, todo sobre ti nos calienta", añadió Sam. "Créeme, no puedes hacer nada que no nos va a gustar".

"¿Quieres chuparnos?", preguntó Ashe.

Me ruboricé de nuevo, pero la idea parecía atractiva.

"¿Qué te parece si te sientas en mi cara?"

Mis ojos se ensancharon ante la posibilidad. "Yo nunca... quiero decir—"

Ashe sonrió y su pene se puso más duro, separándose de su vejiga. "Oh, eso te calienta a ti. Como no te podemos tocar, móntame y escala hasta aquí. Quiero probarte".

Movió sus abrazos hacia abajo y a sus lados lejos del camino.

Quería esto y que él lo verbalizara todo lo hacía más fácil. Era una cosa para que yo lanzara una pierna por encima de su cintura y me arrastrara hacia arriba de su cuerpo para que mis muslos estuvieran por sus orejas, otra forma de decir que quería montar su cara.

"Agarra la cabecera de la cama", instruyó él.

Lo hice.

"Ahora bájate un poco. Buena chica, justo así".

"¡Oh!", grité mientras su boca se aferró y su lengua encontró mi clítoris.

Mis dedos se apretaron a la cabecera de la cama de Sam.

"No cierres los ojos. Mírame", dijo Sam.

Volteé la cabeza, me encontré con su mirada oscura, vi el calor ahí. Me estaba mirando directamente y solo me podía imaginar cómo me veía.

"Eres preciosa. Amo la forma en que tus caderas se están meneando. Apuesto que ni siquiera te diste cuenta de que estabas follando la cara de Ashe".

Lo estaba. Oh dios, estaba usando a Ashe totalmente y él no me estaba tocando en ningún lugar excepto sus labios y lengua.

"Tus tetas están balanceándose, rebotando mientras te mueves. Cada línea de ti es preciosa. ¿Quieres que juegue con tu trasero? ¿Tener a tus dos hombres sobre ti?"

Gemí.

"Ella solo se puso más húmeda", dijo Ashe, su respiración caliente ventilando mi vagina.

Escuché una gaveta abrirse, la abertura de una tapa de una botella de lubricante, después la sensación resbaladiza de los dedos de Sam contra mi entrada trasera.

Entre ese tacto suave y la lengua de Ashe sacudiendo mi clítoris, me vine. Dedos de los pies con hormigueo, mente en blanco de felicidad.

Mis manos resbaladizas soltaron la cabecera de la cama y me dejé caer a un lado sobre el colchón cuidadosamente, incapaz de permanecer arriba un rato más.

"Se suponía que yo iba a estar a cargo". Hice pucheros, pero era difícil porque me sentía jodidamente bien.

Ashe se limpió la boca con el dorso de su mano, luego se movió para quedar acostado de un lado, su cabeza apoyada en su codo. Se veía bien complacido consigo mismo.

Sam se movió, chasqueó sus dedos. "En otro momento. Ahora levanta tus manos y rodillas. Quiero jugar con ese trasero. Uno de estos días, cariño, te tomaremos juntos. Pero primero tienes que estar preparada".

Temblé...ahí atrás, por su dedo y quería más. ¿Cómo una mujer sabía que le gustaban las cosas del trasero? Y cuando lo hacía, ¿cómo tenía sexo sin eso? No tenía idea, pero no quería descubrirlo. Me había venido una vez, pero quería más. Ellos tenían razón. Estaba insaciable.

Y cuando los dos pusieron sus manos sobre mí *en todos lados*, supe que me iban a hacer olvidarme de todo hasta que estuviera demasiado exhausta para que me importara.

12

AM

"Todos van a saber lo que hicimos toda la noche", murmuró Natalie mientras la ayudaba a bajarse de la camioneta. Acabábamos de estacionarnos enfrente de la casa principal del Rancho Steele para almorzar—uno muy tarde para nosotros. Ella tenía puestos un par de pantalones y un suéter, pero tenía las botas de vaquera que se había comprado el primer día que llegó. Se veían jodidamente bien en ella, como si perteneciera aquí. Lo hacía. Puede que haya nacido en una ciudad, pero los genes de Aiden Steele eran una parte de ella y esta tierra era su hogar.

"Cariño, apostaría mi pelota derecha porque todos estuvieron haciendo exactamente lo mismo", le dije.

Levantó la mirada hacia mí y frunció el ceño, luego se rio. "Sucede que me gusta esa pelota derecha".

Toqué la punta de su nariz con mi dedo. "Es bueno saberlo".

Natalie finalmente se había quedado dormida cerca de las seis—nos habíamos asegurado de que prácticamente se desmayara del placer—y no despertó hasta hace una hora. Basado en el hecho de que era pasado mediodía y las camionetas estaban estacionadas en la entrada, asumía que éramos los últimos en llegar.

Cricket y Sutton se encontraron con nosotros en el porche. El clima estaba más apacible hoy, la tormenta se había terminado durante la noche, y dejaron la puerta abierta detrás de ellos. Sutton era un chico que lucía aterrador. Él incluso le había disparado y matado a un imbécil que había estado tras Kady. Él ni siquiera parpadeó ante esto, y desde el verano pasado cuando pasó esto, él no parecía arrepentirse en lo absoluto. Riley y Cord sí porque ellos habían querido ser los únicos que le dieran al tipo. Con su cabello corto, tatuajes e intensidad, la mayoría de las personas permanecían lejos de Sutton. Cricket, sin embargo, lo había suavizado. A pesar de que no me importaría decirle eso en su cara, probablemente él estaría de acuerdo. Nuestras mujeres eran lo mejor que nos había pasado a todos nosotros. Le di un apretón al hombro de Natalie, para mi propio confort y para tranquilizar mi mente en vez de la de ella.

"Puede que no quieran entrar ahí", advirtió Cricket, señalando por encima de su hombro.

Nos detuvimos en el escalón de arriba, Ashe justo por detrás de nosotros.

"¿Por qué?", preguntó Natalie.

"No voy a follar esa vagina sin condón por dos meses más". Gritó una voz desde adentro. Mis cejas se levantaron ante las palabras muy privadas. ¿Era ese Boone?

Miré a Sutton, el cual estaba meneando su cabeza lentamente, luego a Cricket, la cual sonrió.

"Penny está lista para tener otro bebé". Sutton no era de muchas palabras, y su única oración de respuesta lo explicó todo.

"Pero ya estoy lista. El doctor me dio su aprobación", contestó Penny.

"*Yo soy* doctor y yo digo que tu cuerpo necesita más tiempo para recuperarse. Dime algo, gatita, ¿estás haciendo una pelea de esto porque necesitas mi pene?"

Yo estaba callado. Penny no respondió. Me sentí terriblemente incómodo por escuchar de forma no intencional. Cricket y Sutton actuaron como si esto pasaba cada vez que Penny y sus hombres pasaban por aquí. Ashe y yo nos habíamos unido al grupo, pero esto era primero.

"¿Esto siempre es así?", preguntó Natalie.

Cricket se rio. "Usualmente ellos no pelean, pero alguien— o dos alguien—"

"O tres", comentó Sutton.

"—normalmente tienen un rapidito en la oficina o en el cuarto de lavandería".

"Yo escuché sobre el rapidito sobre la mesita de café", contestó Ashe.

Sutton lo miró, su rostro serio. "Eso no fue un rapidito".

Me reí, intentando no imaginarme lo no tan rapidito que había hecho Cricket con sus tres hombres en el gran salón.

Se abrió una puerta.

Cricket señaló con su cabeza. "Y ahí está el rapidito de hoy —con condones".

Sutton metió a Cricket de vuelta a la casa ahora que se había terminado la discusión.

Natalie miró a Ashe, luego a mí. "Ustedes no estarán planeando arrastrarme a alguna habitación para momentos calientes, ¿cierto?"

"¿Momentos calientes?" Amaba ese término. Metí su cabello detrás de su oreja. "¿Deseas eso?"

Negó con la cabeza, el rizo rebelde cayendo hacia adelante una vez más. "¿Que todos sepan que anoche tuvimos sexo? Bien. Pero no lo voy a tener justo pasando por el pasillo".

Ella no era una exhibicionista. Debidamente anotado. La follaría en cualquier lugar que lo necesite, incluyendo el salón de lavandería, pero no me molestaba si eso no presionaba uno de sus puntos calientes. Ella era una gata salvaje en privado y eso funcionaba para mí.

El sonido de un camión manejando nos hizo voltear. Uno de los trabajadores del rancho estaba manejando cerca, dirigiéndose al camino de la cabaña y al área del establo.

"Oh dios mío".

Bajé la mirada hacia Natalie. Durante el curso de dos segundos, su actitud había cambiado completamente. Sus músculos se apretaron y su respiración se contuvo.

"¿Qué pasa?"

"Ese camión. Lo he visto antes".

Está bien.

"Ayer. Pensé que vi...no". Negó con la cabeza y se volteó para entrar.

Cubrí sus bíceps y la giré. "¿Qué?"

"Estoy bastante segura de que vi ese camión, de que vi a Patrick justo después de que el neumático se espichó".

Me quedé mirándola fijamente por unos segundos, aprecié la seriedad en sus ojos oscuros, la seguridad de sus palabras. Ella sonaba insegura, parecía, no porque no fuera verdad, sino porque ella no *quería* que fuera verdad. Levanté la mirada, Ashe estaba frunciendo el ceño. Ella había conocido a Patrick antes, una introducción rápida el primer día que estuvo aquí y luego ayer otra vez cuando sacamos los caballos. Ella sabía cómo lucía él. Sabía su nombre.

"Traeré a Archer". Ashe entró.

Un minuto después, salió con Archer el cual tenía una botella de cerveza en su mano. Estaba vestido con pantalones vaqueros y una camisa de franela, claramente fuera de trabajo. Me dio la mano y saludó a Natalie. "Ashe dijo que querías compartir algo".

Natalie asintió, se secó las manos en sus pantalones. "Ayer, después de que se espichara el neumático, un chico se detuvo a ayudar. Tú lo conociste".

Archer asintió. "John Feranski".

"Correcto. Pero pasó otro auto más temprano. Bueno, un camión". Levantó la mirada hacia mí. "El de Patrick".

Archer no dio una señal externa de sorpresa, definitivamente debido a su experiencia como oficial. Yo estaba jodidamente sorprendido.

"¿Estás segura?"

Natalie pensó por un segundo. Asintió. "Sí. Sé que hay un millón de camionetas pickup en Montana. Quiero decir, cada uno de ustedes maneja una. Pero esta es bastante vieja y bueno, tiene esas ridículas tuercas de camión en el enganche y las solapas rojas".

"Cierto", añadió Archer, mirando hacia la cabaña como si pudiera ver la camioneta de Patrick desde aquí.

"Realmente ayer no noté la camioneta, pero vi a Patrick manejando. Él capturó mi mirada y me sorprendió ya que estábamos en el medio de la nada. Cuando no se detuvo, me di cuenta de que estaba equivocada porque ninguno de ustedes lo hubiese hecho. Pero entonces cuando vi partir la camioneta en este momento, y a él detrás del volante, recordé los detalles".

¿Patrick había estado arriba en el paso, vio el neumático espichado de las mujeres y no se detuvo? Eso no sonaba como él. Demonios, cualquier persona de Montana se detenía cuando alguien estaba en problemas. Era un lugar salvaje y todos se cuidaban los unos a los otros, incluso extraños. El chico Feranski era un ejemplo. ¿Pero por qué demonios Patrick estaba allá arriba en primer lugar? ¿Y justo después?

"Tú no creerás que él haya puesto ese clavo pincha neumáticos en la carretera, ¿cierto?", preguntó Ashe bajando la voz.

¿Qué. Demonios?

Archer miró hacia la puerta abierta. Todo estaba callado adentro.

"No lo sé, pero vale la pena tenerlo en cuenta".

"¿Me estás jodiendo?" Me llevé la mano a la parte posterior de mi cuello. "¿Crees que Patrick quiso lastimar a las mujeres?"

Archer no respondió, pero en vez de eso dijo: "Los neumáticos de la SUV de Kady tienen un año de antigüedad. La banda de rodadura está completa todavía. Cord y Riley no se arriesgarían con neumáticos de mierda en el vehículo que maneja Kady. Y ahora que tienen a Cecily...son jodidamente protectores".

¿No lo éramos todos?

"Quieres que decir que simplemente no debió espicharse", añadí, intentando calmarme y no salir disparado a la cabaña y golpear a Patrick y hacerle las preguntas más tarde. "¿Estás pensando que Patrick saboteó la SUV de las mujeres?"

Natalie miró entre nosotros con los ojos ensanchados. "Oh, dios mío", susurró ella, sus dedos sobre sus labios. Labios que habían estado alrededor de mi pene esta mañana a las cinco. ¿Y ese pequeño maldito había querido lastimarla? Estaba yendo demasiado bajo.

Archer se encogió de hombros. "No se pongan como locos". Me miró y levantó su mano en un gesto de detención. "Pero el agujero en el neumático no era pequeño. No como de un clavo o algo. Estaba roto".

"Demonios", murmuró Ashe, llevándose una mano sobre el rostro. Caminó hacia las barandas, se inclinó hacia adelante y puso las manos encima. Se quedó mirando a la distancia. Sus mejillas estaban sonrojadas y su postura estaba tensa. Sí, quería ir a entregarle un poco de justicia a Montana pero se estaba conteniendo.

"Invitaremos a los obreros a cenar, veremos qué pasa", dijo Archer.

"Si él quería lastimar a las mujeres, ¿queremos que esté en la casa?", pregunté. "Debería estar en la cárcel".

"No tenemos pruebas", contestó él. "Todavía. Aparte de que Natalie lo viera, o creyera que lo vio a él, no hay nada que lo vincule con el neumático espichado".

Ashe se bajó de la barandilla y se volteó. "Pero—", comenzó él.

"Yo te creo, Natalie", dijo Archer, cortando a Ashe. "No lo creo de otra manera. Pero no podemos simplemente confrontarlo. Así no es como se hace esto. Traeré a Cricket para que invite a los hombres a cenar. No es inusual que ella haga eso. Haré unas cuantas llamadas a la estación. Vamos a mantener esto entre nosotros cuatro por ahora. Si realmente Patrick hizo eso, entonces lo más importante es que no nos quedemos mirándolo durante la comida. O que alguno de los otros hombres lo golpee. Él tiene que pensar que no tenemos ni una pista".

"Yo soy una pésima actriz", admitió Natalie.

Se estaba frotando sus brazos, así que la atraje contra mí, enrollé mis brazos a su alrededor.

"No te preocupes, tus hermanas son lo suficientemente locas para ser una distracción". Archer sonrió.

Doblé la cabeza para poder ver el rostro de Natalie y vi que las palabras de él la hicieron sonreír también.

"Me haré cargo de esto, ¿está bien?", añadió Archer. "No se preocupen. Si Patrick hizo esto, va a caer. De alguna manera u otra".

Absolutamente. Y dudaba que Archer si quiera le pusiera las esposas. Primero iba a tener que lidiar con los hombres adentro—además de nosotros aquí en el porche. Había bastante tierra en el Rancho Steele para esconder un cuerpo.

13

$\mathcal{N}$ATALIE

Patrick y Shamus vinieron a comer la cena, justo como lo había presumido Archer. Él le dijo a Cricket que no debía aceptar un no por respuesta a su invitación. Atraer a hombres con comida no era tan difícil de hacer. Y por la mirada de Patrick—y Shamus—eran chicos escolares jóvenes que podían apartar a un lado la carne.

Como éramos demasiados, dieciocho, habíamos puesto platos de hamburguesas a la parrilla, ensalada de pasta, papas fritas y brownies afuera sobre el mostrador y cada uno se había servido. Algunos se habían sentado en la mesa grande del comedor, otros en el sofá para mirar un partido de béisbol mientras comían. Yo me senté en un taburete en el mostrador de la cocina, Sam a mi lado. Si se levantaba, Ashe tomaba su lugar. Eso debió haber sido sofocante, que no estuviera permitido estar fuera de su vista, pero hoy, no tenía problema con eso.

Había sido fácil mantenerme alejada de Patrick porque Cricket me había llevado a la cocina a ayudar con los platos.

Esa fue la primera vez que estaba contenta de hacerlos. Patrick estaba en uno de los sofás en la otra sala mirando el partido de béisbol así que no parecía como que me estaba escondiendo. Sí noté que Archer permaneció cerca y mantuvo un ojo puesto en él.

Pero Patrick estaba completamente normal. Él había establecido pequeñas charlas con todos, pero estaba un poco cauteloso en hablar demasiado con las chicas. Probablemente tener a grandes machos alfa como novios/esposos lo hacía mantener distancia con respecto a ser demasiado amistoso. Como Riley y Jamison no sabían nada sobre nuestra conversación en el porche, estaban hablando de estadísticas de bateadores con él.

Pero la conversación se tornó al incidente del neumático espichado. Podía escuchar a los hombres debatiendo si habíamos golpeado un trozo de hielo o si había habido un clavo. Miré a Cricket, la cual estaba secando el plato que le acababa de pasar. Mis manos estaban llenas de espuma y agua caliente, pero agarré una toalla extra para platos y lo limpié. "Quiero escuchar esto".

Ella terminó de secarlo rápidamente y puso el plato sobre el mostrador. "Yo también. Los platos pueden esperar".

No estaba fingiendo con mi curiosidad, y sabía que Cricket también querría cualquier actualización. La seguí hacia la otra sala, pero mientras fue a sentarse sobre el brazo del sofá cerca de Archer, yo fui en sentido contrario hacia Ashe. Él le dio una palmada a su regazo y me senté. No tenía ninguna intención en tenerlo como lo habían hecho Penny y Boone más temprano, pero sentarme con Ashe estaba lejos de ser lo mismo.

Cecily había estado inquieta así que Kady se la había llevado arriba hace media hora para amamantarla. Como no habían regresado, asumí que las dos estaban tomando una siesta. Aunque, Cord no estaba, así que quizás estaban ocupándose en alguna esquina tranquila de esta casa gigante.

"Esa barandilla y orilla empinada estuvieron jodidamente cerca", dijo Boone, negando con la cabeza lentamente.

"Natalie, nos vas a enseñar clases de manejo en el invierno a todos cuando caiga la nieve", añadió Archer dándome un pequeño asentimiento.

Ashe se inclinó hacia adelante y me besó la sien mientras los otros estuvieron de acuerdo,

"El mecánico puede reemplazar el neumático con facilidad y arreglar la tapa posterior, pero también va a verificar cualquier otro daño", dijo Riley. "Afortunadamente, Kady sigue de baja de maternidad en la escuela, así que la podemos llevar a donde sea que necesite ir".

"Van a tener que dejarla ir por ella misma otra vez en algún momento", dijo Cricket.

Riley negó con la cabeza. "Demonios, no. Mira lo que pasó cuando hicimos eso".

Los otros hombres murmuraron sus acuerdos.

Negué con la cabeza ante sus numeritos de cavernícolas.

"Voy a ir al baño", murmuré a Ashe mientras me levantaba de su regazo. Él se dispuso a ponerse de pie. "Oh no. Puedes manejar y llevarme a todos lados si eso te hace sentir mejor, pero yo puedo ir al baño sola".

Miré hacia el otro sofá donde seguía sentado Patrick. No se había unido a la conversación sobre el neumático espichado, pero no había estado allí. O si lo había hecho, no lo iba a decir. Estaba siendo supervisado por más de un puñado de hombres. Estaba a salvo.

En vez de regresar hacia la sala principal—no era una gran fanática del béisbol—regresé a la cocina por la entrada del pasillo. Levanté el plato que Cricket había secado para guardarla. Me agaché, abrí uno de los armarios de abajo.

"Eres bastante buena manejando".

Levanté la mirada, vi a Patrick asomándose por encima de mí. Él era atractivo, pero sus ojos tenían...algo. Mi corazón dio un salto, pero guardé el plato rápidamente, luego me puse de pie. Él no retrocedió. Olía como si había tomado demasiadas cervezas.

"Gracias". Le di una sonrisa rápida falsa. "Fue bastante aterrador. Y tuvimos suerte".

Negó con la cabeza lentamente. "¿Suerte? Sí, tú y tus hermanas tienen mucha suerte". Hizo una pausa y contuve la respiración. "Quiero decir, mira este lugar".

Hizo un gesto en forma de círculo grande con su mano.

"La casa es hermosa", acordé. Intenté bordearlo, pero se atravesó en mi camino.

"¿Qué quieres, Patrick?", pregunté, intentando mantenerme lo más calmada posible.

Ahora él no se veía calmado. Se veía un poco borracho, un poco molesto.

"Sí, Patrick, ¿qué es lo que quieres?", dijo Sam. Ashe se puso de pie al lado de él.

Patrick se giró ante el sonido de su voz y me moví de su lado rápidamente hacia el de Sam. Él estaba recostado contra la península, de brazos cruzados. Me atrajo hacia su lado mientras me aproximaba. Estaba agradecida de que estuviera ahí para rescatarme…y de que no había tenido que torcer los dedos de Patrick como a los de Alan.

"¿Qué es lo que quiero?" Negó con la cabeza, se llevó la mano por encima de su cabeza como si tuviera migraña, desordenando su cabello rubio. Cuando miró en nuestra dirección otra vez, sus ojos eran salvajes. "Quiero lo que es legítimamente mío".

"¿Qué es legítimamente tuyo?", preguntó Archer, acercándose a la sala desde el pasillo como lo había hecho yo. Sus manos estaban a sus lados, las palmas afuera.

Riley, Lee y Boone aparecieron en el lado más lejano del mostrador, mirando a la cocina. Sutton entró y se puso de pie a mi lado. No había salida de la cocina. El plan de ser bajo perfil, de dejar que Archer se hiciera cargo de esto, parece que tuvo una corta vida. Por alguna razón, ahora Patrick estaba estallando. Quizás fueron las cervezas o la charla sobre el accidente. O quizás él solo enloqueció.

"Todo", gritó Patrick.

Me sobresalté ante su intensidad repentina.

"Pareces molesto", dijo Archer. Su tono estaba bajo. Ecuánime. A pesar de que no estaba usando su uniforme, él era todo un oficial. "¿Por qué no nos dices a qué te refieres?"

Patrick negó con la cabeza, miró al piso, luego a Archer de vuelta.

"Esta casa, la tierra, el dinero es mío. ¡Mío!"

La mano de Sam se flexionó alrededor de mi cintura.

"¿Por qué es tuyo?", alentó Archer.

"¡Porque Aiden Steele también es mi padre!"

A la mierda. ¿Patrick era mi medio hermano? Contándonos a los seis, él sería el más joven, incluso más joven que Penny por unos pocos años. Tenía que tener veinte o algo más. Quizás veintiuno.

"No había ninguna mención de ti en el testamento", dijo Riley. Todos se volvieron a mirarlo.

Los ojos de Patrick se estrecharon y sus mejillas se pusieron rojas. "Sí, estoy jodidamente consciente de eso. ¿Por qué crees que *ellas* tienen todo el dinero y yo no?" Me señaló a mí como si yo representara a todas las hermanas Steele.

"¿Por qué no estás mencionado en el testamento, Patrick?", preguntó Archer.

Se dio vuelta, enfrentó a Archer. "Porque él me dijo que yo valía menos que un saco de mierda". Jadeé y sus ojos feroces me miraron. "Eso es todo, yo no le agradaba al querido papi".

"¿Por qué es eso?", preguntó Archer. Estaba alentando a Patrick, haciendo que hablara, pero también estaba dirigiendo la conversación, llevándolo a donde él quería. Yo no tenía idea de donde era eso, pero parecía que tenía una idea. Era como si él supiera algo, algo grande y estaba haciendo que Patrick lo admitiera. Quizás el que yo lo viera después de que se espichara el neumático era la pieza del rompecabezas que Archer había estado buscando.

"Él nunca me vio. Nunca me prestó ninguna atención. Demonios, obtuve el trabajo aquí solo para estar cerca de él, pero él ni siquiera me reconoció". Se rio. "¡Soy su hijo y él no me reconoció! Así que maté a esa vaca. *Eso* capturó su atención".

"Tú abriste la cerca y dejaste al caballo semental adentro con las yeguas en la caballeriza", añadió Sutton desde mi lado.

"Esa también fue una buena, ¿cierto? Si ellos iban a follar, ¿por qué mantenerlos separados?"

Un sonido de disgusto salió de la garganta de Sutton, pero no dijo nada. Ni siquiera se movió. Él estaba a cargo de los caballos aquí, pero no estaba familiarizada con lo que a eso respectaba. Y no tenía idea de por qué poner a un semental con un montón de yeguas era malo, pero sonaba como que lo era.

"¿Tú saboteaste las mierdas para qué, pare obtener la atención de Aiden?", preguntó Jamison.

"Él se dio cuenta que había sido yo y me confrontó. Le dije la verdad, que yo era su hijo. Que se había follado a mi madre y la dejó siendo una esclava con más de dos trabajos para mantenernos. Que él había sabido que ella estaba embarazada y nos abandonó a los dos. Y entonces...entonces, dijo que un hombre que se rebajaba a matar y a poner en peligro a los caballos no merecía ser su hijo".

Patrick estaba loco. Había matado a una vaca para obtener la atención de su padre.

"Yo conocí a Aiden por un largo tiempo", dijo Jamison. "Era un hijo de puta gruñón, pero él nunca hubiese dejado a una mujer embarazada y sola. Puede que no se haya casado con ella, pero hubiese hecho lo que era mejor para ella".

"Mi madre dijo—"

"Quizás tu madre es una mentirosa", soltó Archer.

Eso solo enfureció a Patrick incluso más. ¿Había sido eso intencional?

"¡Jódete! Y Aiden Steele puede revolcarse en su tumba".

"Una tumba en la que tú lo pusiste. ¿Cierto?"

La sala se quedó en un silencio mortal por las palabras de Archer. Solo se podía escuchar respirando la furia de Patrick.

¿Patrick mató a mi padre? ¿A *nuestro* padre? ¿Archer sabía? No, pero se estaba dando cuenta bastante rápido.

Patrick sonrió entonces. Ampliamente. Perversamente. Oh mierda. Él mató a Aiden Steele.

"Digamos que no fue un paro cardíaco lo que lo tumbó del caballo".

"Oh mierda", murmuró Sam. Me puso detrás de él ahora que sabíamos que Patrick no solo era un trabajador del rancho. Era un asesino.

14

ATALIE

"Tú lo mataste porque lo odiabas", continuó Archer. "Y lo mataste porque querías todo lo que él tenía. Si no te iba a dar amor, tú tomarías todo lo demás, ¿cierto?"

"Exactamente. Él no quería tener nada que ver conmigo. No le iba a decir a nadie que yo era su hijo".

"Así que tú tomaste lo que él no te daría".

Patrick asintió. "Eso es cierto. ¡Yo me gané esto! Es mío".

"Pero entonces descubriste que no solo eras tú quien heredaba las tierras, sino cinco hermanas".

Patrick se volteó, puso sus manos sobre el mostrador. Todos se quedaron mirando su espalda, observaron, esperaron. Ni siquiera creía que alguien estuviese respirando.

"Cinco hermanas que tú ni siquiera sabías que existían. Si hubieses sabido, tú no lo hubieses matado, ¿cierto? Quiero decir, ¿por qué querrías compartir la herencia con cinco mujeres?"

Archer hablaba como si estuviésemos en una sala de interrogatorios, no en una cocina.

Enlazada

"Ellas arruinaron todo. ¡Todo!" Patrick se volvió y dio un paso hacia mí, ojos estrechados, fosas nasales ensanchadas. No había forma de que llegara hasta mí a través de Ashe, Sam y Sutton, pero aun así me sobresalté hacia atrás. Él estaba más allá de molesto, estaba carcomido por esto. Enloquecido.

"Aiden Steele nunca me dijo sobre ti. Él nunca te puso en su testamento", añadió Riley. Él era el abogado y sabía cosas que ninguno de nosotros sabíamos. "Lo cual significa que tú no obtienes nada".

"No hasta que todas las hermanas estén muertas", continuó Archer.

"El ADN demostraría que yo soy su hijo. Que esto era todo mío. ¡Yo lo obtendría todo!"

"Así que lanzaste clavos a la carretera. ¿Qué hiciste tú, esperaste a que llegaran a la carretera? Quiero decir, tú no podías simplemente ponerlas en cualquier momento. No querías matar a las personas equivocadas".

Patrick frotó sus manos juntas. "Binoculares. Esa SUV es como un portaaviones. No lo puedes perder de vista en esa recta".

"Pero dejaste un clavo cuando te detuviste a agarrarlos después de que se espichara el neumático".

"Y ellas no se fueron por la barandilla en la curva".

"Esa no fue la primera vez que intentaste hacerle daño a una de las mujeres, ¿cierto?", preguntó Archer.

Penny se abrió camino al lado de Jamison y él la puso a su lado. Cerca. Cricket se instaló al lado de Lee mientras que Sarah se puso de pie con Wilder y King detrás de los otros. A pesar de que no tenían un asiento en la fila de enfrente, no se podían perder lo que estaba pasando.

Los ojos of Patrick se encendieron y comenzó a hablar. Era como si tenía que decirnos todo, que había cargado con esos secretos por tanto tiempo, que parecía *orgulloso* de sus actividades.

"No tuve que hacer nada por Kady. Demonios, ella tenía a

un maldito sicario detrás de ella. Desafortunadamente, él no tuvo éxito en su tarea. Penny fue *casi* un éxito. Ese chico en el bar hizo contacto y—"

"Él iba a llevarla afuera de la puerta trasera del Silky Spur y violarla", gruñó Jamison. Penny volteó su rostro al pecho de él, lo abrazó.

Patrick se encogió de hombros. "Sí, y tú pensaste que nuestra falta de acompañamiento al baño fue porque carecíamos de trato de caballeros". Se rio. Dios, eso me dio escalofríos. "Era más como que quería hacerla sufrir". Sarah, sin embargo, bueno, nadie sabía que ella si quiera existía. Era bastante difícil intentarlo y matar a alguien que era un secreto. Después se casó con King y Wilder y fue imposible acercarse".

La mandíbula de Jamison se apretó y abrazó a Penny incluso más cerca. Ella estaba llorando ahora, en silencio, pero las lágrimas caían por sus mejillas.

"¿Y Cricket?", preguntó Archer, su voz profunda, apenas colgando de un hilo ahora que preguntaba por su mujer.

"No fue demasiado difícil hacer que ese idiota acampara en su apartamento".

Estaba sorprendida por el control de Archer, de que no lo mató sino que en vez de eso solo lo golpeó en la cara. La sangre se derramaba de su nariz mientras el impacto lo sacudió de vuelta, golpeándose con el borde del mostrador. Parecía que Archer había escuchado suficiente. Se sacó el teléfono del bolsillo de su camisa, se lo lanzó a Sutton el cual lo agarró fácilmente.

Cuando lo miré, vi que Archer había estado grabando todo.

Archer puso las manos de Patrick detrás de su espalda, presionó su cabeza adentro del mostrador mientras pateaba sus pies para separarlos y lo cacheaba.

"Tráeme las esposas de mi camioneta", soltó Archer, manteniendo su atención directamente sobre Patrick.

Su respiración estaba entrecortada, sus mejillas sonrojadas.

Enlazada

Escuché pisadas fuertes detrás de nosotros, la puerta de enfrente se abrió.

"Patrick Monaghan, estás bajo arresto. Tienes derecho a guardar silencio, si te atreves a hacer un puto parpadeo, el—"

Mientras Archer le leía sus derechos—con un poco de extra —volteé mi rostro hacia el pecho de Sam. Estaba cálido y fuerte, su aroma familiar y mi mente lo reconoció como seguridad. Él era mi ancla y Ashe también lo era. Me guio fuera de la cocina y hacia la sala principal. Levantó mi barbilla, me hizo mirarlo. "¿Estás bien?"

Me lamí los labios. "Impresionada".

King regresó con las esposas y caminó hacia la cocina.

"Yo llamé al 911 hace unos minutos", dijo Cord, su brazo alrededor de Kady la cual cargaba a Cecily". "Estoy seguro de que alguien más también debe haberlo hecho. Estarán aquí en unos segundos".

"Nos perdimos la mayoría de esto", añadió Kady, luciendo decepcionada.

Me quedé mirándola por un segundo, pasmada, después rompí en risa.

"Solo tú, Kady. Solo tú".

La atraje para abrazarla, con cuidado de Cecily.

La cocina estaba llena con la mayoría de los hombres asegurándose de que Patrick no se escapara. Una cosa era ser el loco que mató a Aiden Steele, pero otra muy diferente querer matar a sus mujeres. *Eso* cruzaba la línea para ellos, estaba segura, y sin duda consideraron matar a Patrick por su homicidio justificado.

Sarah, Penny y Cricket se unieron a nosotras y nos pusimos de pie en un círculo pequeño.

"Esto es una locura", dijo Sarah, mirando hacia la cocina. "Tenemos un medio hermano que obviamente es loco criminalmente el cual mató a nuestro padre e intentó matarnos a todas por el dinero. Si él solo hubiese salido adelante, si hubiese dicho que él también era uno de los hijos de Aiden Steele, yo lo hubiese compartido con él".

"Yo también", añadió Cricket.

Kady, Penny y yo asentimos.

Un alboroto salió del otro lado de la sala y Penny corrió para ir a buscar a Locke de donde había estado durmiendo en su asiento de auto. Había dormido a pesar de todo. Ella regresó con él sobre su hombro. Él nos miró fijamente con los ojos ensanchados, todavía con sueño, contento de estar en los brazos de su madre.

"Ese hombre esa noche en el bar, yo pensé que él solo era un cerdo manoseador", contó Penny. Yo no sabía la historia, pero pudo haber sido malo. "Pero después de lo que dijo Patrick, él lo mandó para que me lastimara". Se estremeció y Sarah enrolló sus brazos a su alrededor. "Patrick estaba ahí en el bar también. Nosotros incluso nos habíamos ido juntos, tomamos tragos. Bailamos. Dios, si Jamison y Boone no hubiesen aparecido".

"Estás bien. Todas estamos bien", aseguró Cricket. "No podemos pensar en todo eso o nunca volveremos a dormir por las noches. Vamos a pensar en...¡Natalie!"

Fruncí el ceño ante el arranque sorpresivo al estilo Kady. "¿En mí?"

Todas mis cuatro hermanas me miraron. Cord, Sam y Ashe también.

"Sí, en ti. Probablemente esto no fue bueno para ayudar en la causa de que te quedes por acá, pero tienes que quedarte aquí en Barlow. Quiero decir, somos hermanas y *literalmente* hemos sobrevivido un montón juntas".

Eso era cierto. Lo habíamos hecho. En cuestión de días, ellos eran la familia loca de la que había escuchado—menos el medio hermano loco—y nunca supe de lo que me había perdido.

"Me quedo", respondí inmediatamente.

Las mujeres saltaron sobre mí, atrayéndome a un abrazo

grupal que se estaba riendo feliz y derramando algunas lágrimas. Locke se alborotó. "Pero ustedes no son la principal razón por la que me quedo. Lo siento", dije a través del gran abrazo. Me separé y me volví para enfrentar a Ashe y a Sam.

"Ustedes dos son la razón por la que me quiero quedar". Los miré, encontré sus miradas. Fijamente. Ellos me habían mirado justo así en el pasillo del restaurante en Boston. Anhelo, esperanza. Interés intenso. Pero también había algo más ahora. Amor.

"Si la oferta sigue en pie, yo quiero—"

Ashe me tenía en sus brazos, sus labios sobre los míos antes de que pudiera terminar. Vagamente escuché más alaridos y emoción, pero el beso fue demasiado bueno.

Y cuando Ashe había terminado, o quizás antes de que lo estuviera, Sam me atrajo a sus brazos y sus labios estaban sobre mis labios después.

"Búsquense una habitación", dijo Cord, su tono era de broma.

Sam se separó y me miró.

Dios, los deseaba.

"Sé que dije que no follaría con ustedes por aquí, pero, bueno...los necesito". Tomé la mano de Ashe, luego la de Sam. "Ahora".

Sam miró alrededor.

"¡No en la mesita de café!", gritó Cricket.

"La puerta en la oficina ha visto un montón de acción. Es un poco duro contra tu espalda también", advirtió Penny.

"El salón de lavandería funciona bastante bien", añadió Kady.

Dios, ¿había algún lugar en la casa en la que alguien no hubiese tenido sexo?

"Arriba", dijo Ashe, halándome por el pasillo. "Una mesita de café está bien, también una puerta. Nunca he intentado una lavadora, pero sí que me gusta una cama".

"¡Diviértanse!", gritó Sarah.

Miré a Sam, cuya mirada estaba tan caliente que estaba sorprendida de que no hubiese quemado mi copa. "Momentos desesperados requieren de placeres desesperados".

ASHE

Quería ir y golpear a Patrick, pero la cola era larga. Después de que todos tuvieran su turno, dudaba que quedara mucho. Con más de diez testigos de él confesando no solo haber matado a Aiden Steele, sino un intento de homicidio hacia cinco mujeres y dos bebés y...

Rechiné mis dientes, tomé aire mientras llevaba a Natalie por las escaleras. Todos estaban bien. Se estaban haciendo cargo de Patrick. Las otras mujeres tenían a sus hombres cerca. Sam y yo teníamos a Natalie y nunca la íbamos a dejar ir. No ahora que dijo que se va a quedar.

Dios, esas palabras. Había ido a Boston por ella. A Belice, a Bangkok, a donde sea. ¿Pero el hecho de que se estaba quedando aquí en Barlow por nosotros?

La mejor sensación de mierda. Todavía había tanto de qué hablar. Su trabajo, donde vivir, pero lo arreglaríamos. Lo que importaba era que estaríamos juntos.

Tenía tanto amor, tanta necesidad de ella que me estaba volviendo loco. No era solo mi pene el que estaba dirigiendo el camino esta vez. También mi corazón.

Tenía la sensación de que él no iba a salir de la cárcel por un largo, largo rato. Eso me ayudaría a dormir por las noches. Y tener a Natalie en mis brazos.

Nunca antes había estado en el segundo piso, pero ojeé en la primera puerta que pasamos y vi que definitivamente era de Cricket. Ropa de mujer estaba sobre el espaldar de la silla cerca de la ventana. Aunque, podía ser la habitación de uno de los chicos. De cualquier manera, no iba a follar a Natalie ahí. Fui más allá por el pasillo, pasé un baño y una habitación mucho más pequeña. Escondida debajo de los aleros en la parte posterior de la casa, la cama estaba hecha, la habitación limpia y no parecía usada.

Perfecto.

Metí a Natalie adentro y Sam cerró la puerta detrás de nosotros.

Estábamos bastante lejos para escuchar algo desde la entrada de la casa—gracias al cielo. Eso también significaba que nadie de abajo escucharía gritar a Natalie mientras la hacíamos venirse. Perfecto.

Natalie me miró con tal necesidad que me hizo aspirar un suspiro. Y cuando se lanzó a sí misma hacia mí, sus brazos yendo alrededor de mi cuello, sus piernas alrededor de mi cintura, me sorprendí. Pero solo por un segundo porque sus labios estaban sobre los míos y su lengua estaba en mi boca. Mi pene presionaba contra mis pantalones, ansioso por estar en ella. Demonios, estaba ansiosa y frenética.

Era el cielo, el maldito cielo tenerla tan ansiosa. Yo fui el que se separó. "Calma, tigre", dije sonriendo. "No te olvides de Sam".

Miró a Sam por encima de su hombro, estiró un brazo hacia él, atrayéndolo para que se uniera a nosotros.

"Quiero que esto sea rápido", dijo ella, su respiración entrecortada. Sam se acercó más y ella bajó sus manos entre nosotros a mi cinturón, desabrochando la hebilla. *Mierda*. "Los necesito. Necesito sus penes dentro de mí. Ahora".

Me volteé y la cargué a la cama, la acosté y seguí así que quedé cernido sobre ella. La dejé abrir mis pantalones, que agarrara mi pene en su pequeño agarre. "Esto no va a ser rápido, cariño. No esta vez".

"¿Nos quieres a los dos?", preguntó Sam, acercándose a sentarse al final de la cama, sus manos sobre el estribo de metal.

Natalie levantó la mirada hacia él, se mordió el labio. "Sí".
"¿Juntos?", añadí.

Dejé que esa pregunta se sumergiera, la dejé tomarse un minuto para entender lo que estábamos preguntando. Habíamos jugado con su trasero, la habíamos acostumbrado a tenernos ahí, pero tomar ambos penes a la vez era diferente. Mucho más.

"Sí, juntos. Justo como lo prometieron".

Me levanté, me agaché, saqué sus botas, dejé que se cayeran al suelo. Sus medias las siguieron. Después saqué sus pantalones por debajo de sus caderas, tomando sus bragas con ellos. Vi una pista de satén amarillo, pero no me tomé el tiempo de echar un vistazo. Sus bragas sexy eran jodidamente calientes, pero ella, desnuda, era mucho mejor.

Levantó sus caderas, me ayudó y entonces estaba desnuda de la cintura para abajo. Me puse de rodillas a un lado de la cama, enganché la parte posterior de sus rodillas y la atraje hacia mí. No pude evitar ver lo húmeda que estaba y se me hizo agua la boca por tener esa dulzura pegajosa en mi lengua.

Mientras la comía, levanté la mirada a su cuerpo, observé mientras Sam iba hacia el lado opuesto de la cama, se acercó y levantó el borde de su camisa hacia arriba. Ella levantó sus brazos para que él se la quitara. Él agarró sus muñecas, las capturó para que estuvieran derechas por encima de su cabeza. Capturadas.

Sus senos estaban cubiertos en un lindo sujetador de satén amarillo. Con su mano libre, Sam bajó las copas, una detrás de la otra para que sus senos estuvieran expuestos, los pezones tensos y señalando directo hacia el techo. Sam se inclinó hacia adelante, se llevó uno a la boca.

Entonces me di cuenta de que apenas la estaba lamiendo, la vista de Sam sosteniendo a nuestra chica y jugando con ella era increíble de ver. Pero ella se meneó y gimió y quería que se viniera antes de que estuviéramos dentro de ella.

"Quiero chuparte", suspiró Natalie.

Sam se levantó, bajó la mirada hacia ella. Él era capaz de abrir sus pantalones y sacar su pene sin liberarle las manos.

"¿Quieres chupármelo mientras Ashe te folla con su lengua?"

"Sí, por favor. Quiero probarte. Sentir lo grande que eres contra mi lengua, bien profundo en mi garganta".

Sam gruñó mientras su pene pulsaba en su puño.

Inclinándose hacia adelante, puso una mano sobre el colchón al lado de ella para que su pene se cerniera justo sobre su boca. Dejó salir su lengua, lamió la punta.

"Maldición, cariño. Puedes darle una probada, pero me voy a venir bien profundo en tu trasero".

Natalie abrió su boca ancha y observé mientras el pene de Sam desaparecía una pulgada a la vez.

Él levantó su cabeza, me miró. Demonios, sabía lo que se sentía su boca alrededor de mi pene, esa dulce succión. "Apúrate, hombre".

Si él quería llenar su trasero con su semen en vez de su boca, yo me tenía que apurar, justo como dijo él.

Así que dejé de observar y me puse a trabajar. Deslicé dos dedos dentro de su vagina, encontré su punto G mientras concentraba mi lengua sobre el lado izquierdo de su clítoris, justo donde sabía que la acabaría. Era hora de dejar de tentar y llevarla hacia el borde y más allá.

Y eso sucedió rápido. Gracias al cielo ya que me iba a volar.

Sam se deslizó de sus labios, su pene brillante justo antes de que ella se viniera. Con sus muñecas todavía atrapadas en las de él, apenas se podía mover. Su espalda se curvó mientras se venía, apretando y ordeñando mis dedos, ansiosa por más. Se chorreó por todos ellos, su cuerpo suave e hinchado, resbaladizo y listo para mi pene.

Mientras se recuperaba, escuché la gaveta abrirse y las palabras de Sam: "Por supuesto que esta casa tiene lubricante en cada habitación".

Sam había ido a buscar un poco de lubricante, sabiendo que a pesar de que su vagina estaba chorreando, ella necesitaba un poco de ayuda para meter su pene en ese trasero. No la íbamos a lastimar.

"¿Lista para tomarnos a los dos?", le pregunté. Me cerní sobre ella una vez más, aprecié su mirada saciada, la sonrisa suave.

"Mmm", respondió ella.

"Natalie", dije.

Sus ojos parpadearon y se abrieron.

"Te amo. Tú eres la que nos junta como una familia. Estoy contento de que hayas decidido quedarte con nosotros, pero ten en cuenta esto, nos hubiésemos ido contigo. Dondequiera que estés es donde quiero estar. Mientras estemos juntos".

Las lágrimas llenaron sus ojos mientras sonreía. Se levantó sobre un codo, enganchó su mano alrededor de mi cuello y me besó.

"¿Así es mi sabor?" Lamió mis labios una vez, luego otra vez.

"¿Dulce como la miel? Maldición sí".

"No tengo idea de en qué voy a trabajar, pero justo en este momento, no me importa. Tengo dinero guardado y bueno, Aiden Steele me dio la oportunidad de descubrirlo. Y, y él me los trajo a los dos. Sin él, jamás hubiese estado aquí con ustedes. Nunca hubiese encontrado el amor. Es hora. Estoy lista. Los elijo a los dos. Ahora fóllenme".

15

Natalie

Puede que ellos fueran los dominantes, pero en ese momento, yo estaba a cargo. Ellos me habían tenido toda sujeta a la cama; las manos de Sam sobre mis muñecas, su pene bien profundo en mi boca y la cabeza de Ashe entre mis muslos. No es como si tuviera ningún interés en moverme. Pero ahora, hice que se movieran.

Y rápido.

Sam dejó caer la botella de lubricante sobre la cama para poder desvestirse.

Ashe se puso de pie y se quitó su ropa así que su pene se levantó hacia afuera, grueso y orgulloso. Una gota de líquido pre seminal se corrió de la punta y me incliné hacia adelante para lamerla.

Él me detuvo con una mano. "Oh no. Cada gota va a ir a esa vagina".

Poniendo una rodilla sobre la cama, se movió hacia el medio y se sentó, agarrándome por la cintura y levantándome para poder separar sus piernas.

Lo monté, su pene enclavado entre nosotros. Mi sujetador era incómodo así que me acerqué hacia atrás, me deshice del broche y lo lancé.

"¿Mejor?", preguntó él, cubriendo mis senos con sus manos grandes.

Asentí, gemí mientras halaba uno de mis pezones sensibles. Él tuvo que sentir lo mucho que me gustaba porque me chorreé por todo él.

"Arriba. Vamos a abarrotarte completa, cariño".

Me puse de rodillas mientras sus manos se deslizaban a mi cintura, ayudándome a montarme sobre él, luego más abajo, tomándolo por toda la raíz.

Los dos gemimos. Él era grande, bien grande y profundo. Lo amaba de esta forma porque podía tomar tanto de él. Me incliné hacia abajo, lo besé, mis senos presionando contra su pecho.

"Buena chica", dijo Sam. "Quédate justo así".

Sentí la cama hundirse mientras se movía detrás de mí. Dedos fríos y pegajosos presionaron contra mi entrada trasera, luego se introdujeron. Dos a la vez.

Jadeé entre el beso. No me dolió, justo lo opuesto, pero fue...raro. La sensación era intensa, especialmente con Ashe ya dentro de mí. Él comenzó a levantarme y bajarme, lo cual solo hizo que los dedos de Sam se metieran más profundos dentro de mí. Retrocedió, añadió más lubricante, se introdujo más profundo. Abriéndome, preparándome.

"Eso es, ábrete. Sí. Maldición, Natalie. Es hora".

Los dedos de Sam se salieron de mí y escuché el sonido pegajoso de más lubricante.

Ashe cubrió mi barbilla. "Mírame. Quiero ver tu rostro cuando nos tomes a los dos por primera vez".

Mis ojos se ensancharon mientras sentí la cabeza ancha del pene de Sam empujándome, luego presionando. Él fue insistente, pero cuidadoso. Me concentré en respirar, en relajarme, pero era difícil—y también lo era Sam.

Apreté los hombros de Ashe, pero me mantuve fija en su mirada. Sudor llenaba su ceja, obviamente forzándose a mantenerse quieto.

"¡Ah!", grité cuando Sam se introdujo.

"Mierda, tan ajustada, cariño".

Cuidadosamente, se introdujo, luego retrocedió, follándome lentamente, cuidadosamente. Más y más profundo hasta que sus caderas presionaron contra mi trasero.

Mis ojos estaban ensanchados mientras miraba a Ashe fijamente, vi la forma en que su boca se abría.

"¿Y bien? ¿Cómo se siente ser follada por tus dos hombres?"

"Todavía no me están follando", contesté.

Sam retrocedió y su pene golpeó cada terminación nerviosa a mi alrededor.

"Oh dios", gemí.

Mientras se volvía a introducir, Ashe levantó sus caderas otra vez. Un movimiento hacia atrás y hacia adelante, uno adentro, el otro afuera. Follándome.

"Eso es. Tómanos a los dos. No puedes hacer nada más que sentir. Deja que tus hombres se hagan cargo de ti. Te amen. Te hagan sentir bien", canturreó Sam.

Sonidos de nuestras respiraciones entrecortadas llenaron la habitación. También sonidos pegajosos de follar. Esto era eso, la cosa más increíble. El sexo fortalecía los lazos de amor, pero esto, con los dos, era lo más intenso que haya sentido alguna vez.

Justo como dijo Sam, no podía hacer nada excepto sentir. Y venirme.

El placer era demasiado intenso, mi necesidad de ellos demasiado genial. Ese primer orgasmo no había calmado mi ardor, solo me había hecho más ávida. Y ahora los tomé.

Ambos hombres. Ambos penes. Todo el placer que podían dar.

Me vine, apretándolos a los dos. Mi espalda se arqueó, mi

trasero presionando hacia atrás y tomándolos más profundos a los dos. Más.

Grité, gemí, me apreté. Solo me rendí a la increíble dicha.

Estaba perdida. Amada. Sostenida. Bien y verdaderamente follada.

Sam se empujó profundo una última vez, gritó mi nombre mientras se venía. Pude sentir su calor mientras me llenaba. Ashe lo hizo segundos después, su agarre sobre mis caderas apretando y su semen inundándome, desbordándose hacia afuera.

Éramos un desorden sudado y pegajoso y no podía haber estado más feliz.

Cuidadosamente, Sam se salió y fue hacia el baño de la habitación. Ashe nos enrolló hacia un lado, su pene quedando libre. Semen se chorreaba de mí, un signo evidente y viril de que era completamente suya.

Sam regresó con una toalla mojada y cada uno tomó un muslo, me separaron para poder limpiarme hacia arriba. Esto era tan íntimo, este cuidado.

Después se limpió él mismo y lanzó la toalla al suelo.

Se deslizó en la cama con nosotros, agarró la sábana, se la lanzó encima.

"Bienvenida a casa, cariño". Sam se acercó, me besó, acarició mi brazo con sus nudillos. Ashe me besó por todo el hombro, su mano sobre mi vientre como si ninguno de los dos pudiera dejar de tocarme.

Cerré los ojos, me sentí amada.

Estábamos en una habitación de invitados en el Rancho Steele. Definitivamente no nuestro hogar. Pero sabía a lo que se refería. Estaba en casa. Con Sam y Ashe. Entre ellos. Justo donde quería estar.

CONTENIDO EXTRA

No te preocupes, ¡hay más del Rancho Steele por venir!

Pero ¿adivina qué? Tengo contenido extra para ti. Descubre cuál hija perdida llegará después...y un poco de amor extra de Sam y Ashe para Natalie. Así que regístrate en mi lista de correo electrónico. Habrá contenido extra especial para cada libro del Rancho Steele, solo para mis suscriptores. Registrarte te permitirá saber sobre mi próxima publicación tan pronto como esté disponible (y recibes un libro gratis... ¡uau!)

Como siempre... ¡gracias por amar mis libros y las montadas salvajes!

http://vanessavaleauthor.com/lista/

¿QUIERES MÁS?

¡La serie del Condado de Bridgewater comienza con *Viaje salvaje*! ¡Lee el primer capítulo ahora!

CATHERINE

Diez horas antes...

"Les habla su capitán. Estamos listos para el despegue, pero como podrán ver a través de la ventana, el clima no se ve agradable y la torre de control ha dado luz roja a todos los vuelos. No estoy seguro de cuánto tiempo nos tendrá la tormenta aquí. Parece que será por al menos media hora, damas y caballeros. Les mantendremos informados".

Oh, genial. Mirando a través de la pequeña ventana, se podían ver las enormes nubes color carbón que evitaban que saliéramos de Denver. Había hecho una carrera desde una de las puertas hasta el área de viajero frecuente de larga distancia para llegar a mi vuelo con escala a tiempo, solo para ser plantada así en el asfalto. Miré mi reloj y me limité a suspirar. No tenía tiempo para esto. Diablos, no tenía tiempo para ir a Montana, pero tenía que ir de todas formas.

¿Quieres más?

Recostándome en la incómoda cabecera, cerré mis ojos y traté de respirar para quitar mi frustración. Llevaba la mitad de la noche terminando las declaraciones que debía archivar esta mañana, y me tomó dos horas más responder a tantos correos como me fuera posible. Para cuando terminé, todavía tenía que empacar. No tenía nada, *nada*, apropiado para el salvaje oeste además de unos pantalones de jean y unas zapatillas deportivas así que, tras una hora de total preocupación, lancé un poco de todo en una maleta.

Había dormido unas lamentables dos horas cuando la alarma me despertó a las cuatro y media, solo para encontrar que el puente de Manhattan hacia Queens estaba en reparación en mitad de la noche y el tráfico estaba horrible. Luego, la seguridad del aeropuerto tardaba demasiado y tuve que pasar por su proceso de revisión a causa de los tornillos de titanio en mi pierna. Cuando por fin había logrado llegar a la puerta, mi jefe me llamó para quejarse sobre mi ausencia en las reuniones con la lista actual de clientes. Quería entablar relaciones con ellos tanto que hasta consideré dejar mi maleta e irme a la oficina, pero cuando informaron que debía abordar, sabía que al menos debía resolver una cosa a la vez en mi vida. Y ahora, estoy atascada por una tormenta eléctrica.

Mientras intentaba quitarme la sensación áspera en mis pestañas, intenté realizar ejercicios de respiración que aprendí en las clases de yoga. Se suponía que las clases eran relajantes, pero nunca funcionaron. Nunca estaba calmada. Y ahora, el aire enlatado dentro del pequeño avión se hacía más y más cálido, penetrando en mis pulmones, sofocándome. Estaba atorada y no había nada que pudiera hacer al respecto. Mierda. Odio que las cosas se salgan de mi control. No soy claustrofóbica, pero me sentía igual de atrapada. Un poderoso trueno resonó en el avión, justo antes de que la lluvia lo golpeara como miles de pequeños martillos. ¿Acaso Dios intentaba decirme algo?

Respira.

Inhala lenta y profundamente por la nariz, mantén la respiración... un poco más... y exhala todo por la boca. Inhala... el aroma a sándalo y cuero con una pizca de calor que seguramente provenía de *él*. Me senté al lado del señor Apuesto Vaquero y olía muy bien como para intentar concentrarme en otra cosa —incluso con mis ojos cerrados—. La esencia no era colonia, jabón quizás, y me distraía completamente. ¿Cómo podría alguien concentrarse en respiraciones de yoga con un don "Alto, Piel Morena y Atractivo" al lado y hombro con hombro?

Casi me tragaba mi lengua cuando él cruzó el angosto pasillo, colocó su sombrero en la cabecera y se sentó a mi lado, intentando acomodar su enorme cuerpo en un espacio pequeño. Me ofreció una rápida sonrisa y un educado "hola", y luego abrió su libro. Yo estaba escribiendo mensajes de texto en el celular, pero mis pulgares se congelaron cuando lo miré de reojo.

Tenía pelo rubio, un poco largo y con rulos en las puntas. Peinado, pero indómito. Sus ojos eran igual de oscuros y penetrantes, pero la manera en que se curvó la comisura de sus labios a los extremos me indicó que no era tan intenso como se veía. Su piel bronceada me demostró que no trabajaba en una oficina, al igual que sus enormes manos con uñas cortas y bien cuidadas, y un juego de músculos fascinante que cambiaba bajo la superficie. Manos fuertes que obligaban a una mujer a rogar por que la tocaran. Lo más importante, aún no llevaba anillo de compromiso.

Me sentía una pervertida total por pensar en mi compañero de asiento de esa forma, ¡pero por Dios! Él estaba bombeando hormonas o algo así, porque, en ese momento, solo podía pensar en montarme sobre su regazo y hacer un rodeo con él. Mi cerebro se había paralizado y mis ovarios tomaron el control.

¿Quieres más?

No había vaqueros en Nueva York, y debía admitir que no había nada como un hombre cuyo tamaño y musculatura fueran formados por arduo trabajo, aire fresco y un fuerte sol en lugar de las clásicas rutinas del gimnasio. Ningún hombre podía llevar una camisa de botones a presión, unos pantalones vaqueros y unas botas como un vaquero real. ¿Y éste hombre? Él era *todo* un vaquero. ¡Santo cielo! Siempre había pensado que el empresario era atractivo, pero era un debilucho en comparación con esto. Podrían ser capaces de conseguir tratos de billones de dólares con un almuerzo, pero haría la vista gorda si intentaran llevarme a la cama. ¿Pero el Señor Guapo? Podría montarme y ponerme en sumisión todos los días si quisiera.

Como no iba a decirle esas cosas, decidí volver a ver mi reloj de nuevo. Tres minutos habían pasado desde el anuncio del capitán. Debía aprovechar ese tiempo muerto para mi provecho. Moviéndome hacia adelante, traté de alcanzar mi bolso por debajo del asiento, pero el espacio era muy estrecho. Intenté acomodarme de lado para ello, y encontré que mi cabeza tocaba la dura pierna del Señor Guapo. Una pierna dura y *cálida*.

Me volví a sentar abruptamente y di una rápida mirada hacia él. "¡Lo siento!" Me sonrojé y mordí mi labio.

¡Santo Cielo! Tenía un hoyuelo. Él sonrió, mostrando esa perfecta hendidura en su mejilla derecha y me quedé mirándola boquiabierta. Tenía la barba de la tarde, y me preguntaba si esa barba sería suave o rasposa. ¿Acaso la haría recorrer sobre la piel de su amante? Usar esa abrasión para acariciar entre mis piernas antes de probarme con su...

"No hay problema. Cuando quieras", murmuró, con una profunda voz.

¿Me estaba insinuando que podía colocar mi cabeza en su regazo *cuando yo quiera*? ¿Acaso quería que yo...?

Mis ojos fueron bajando hasta sus piernas y pude notar

rápidamente cómo esos pantalones lo moldeaban en *todos* los lugares correctos.

Mortificada porque me quedé mirando su enorme paquete, alejé la mirada, pero no antes de que él me guiñara el ojo y sonriera maliciosamente.

Tratando de mantener mi parte del reposo para el brazo, usé mi pie para alcanzar mi bolso y tirar de él hacia adelante —doblándome en posiciones de las cuales estaba agradecida de las tantas horas de yoga que había realizado— para tener a mi alcance mi portátil y mi teléfono, y colocarlos en la bandeja. En cuanto quité el modo avión del teléfono, empezó a sonar.

Deseando silenciar el tono, respondí.

"No piensas que puedes esconderte y vender la propiedad de tu tío sin que yo lo sepa, ¿verdad?"

Bastaba con escuchar la voz de Chad para irritar lo que quedaba de mis nervios agotados. Como había bloqueado su número, probablemente estaría llamándome por el de su oficina. ¿Por qué no podía dejarme en paz?

"No necesito esconderme. Voy a vender la casa de mi tío, y ya lo sabes". Mantuve mi voz baja para no molestar a nadie más.

"¿Y quedarte con las ganancias? No va a pasar, cariño".

"No soy tu cariño, Chad. Y dudo que lo haya sido antes", le gruñí. Cuando lo había encontrado en su cama con su paralegal, era de asumir que ella era su cariñito.

"Eres mi esposa, y eso me deja con la mitad de esa herencia".

Miré la lluvia cayendo en la ventana. Mis emociones estaban como el cielo: oscuras y con una fuerte amenaza de desatarse. "Has estado en bancarrota por mucho tiempo. Ya no estamos casados, por lo que te quedas con nada".

"Lo dice la mujer que en cuatro años trabajando, no ha hecho ningún socio".

Auch. Eso fue un golpe bajo. Chad había conseguido un socio menor en su firma después de dieciocho meses, y siempre me lo ha recordado. Le di un rápido vistazo a Señor Guapo y descubrí que me estaba observando, con una mirada tan intensa que me hizo retorcer en mi asiento. ¿Vi una chispa de preocupación en su rostro? Dios, no necesitaba que me escuchara peleando con el idiota de mi exesposo.

"Chad, estoy sentada en un avión y no puedo hablar. No hay nada más de qué hablar entre nosotros. Deja ya de llamarme".

Colgué y me quedé mirando mi teléfono. Llevábamos divorciados casi dos años y aún creía que podía joderme. Fue un matrimonio estúpido y la herida de ese apresurado error seguía abierta.

La respiración de yoga no me iba a calmar, así que debía cambiar mis ideas. El trabajo. Trabajar podría ayudarme a concentrarme sobre algo aparte del mentiroso, infiel, traidor y tarado de mi ex.

Saqué el expediente que estaba escribiendo y me puse a trabajar mientras el Señor Guapo leía su libro. Después de unos minutos, un icono de mensaje instantáneo apareció en la esquina inferior de la pantalla.

Elaine: Vi que tu nombre apareció. ¿Ya llegaste?

Yo: No. Vuelo a escala en Denver retrasado. Tormenta eléctrica.

Elaine: Rayos.

Pasó más o menos un minuto cuando volvió a escribir.

Elaine: ¡No olvides tu objetivo principal! ¡Consigue un vaquero atractivo y ten sexo desenfrenado!

Mis ojos quedaron como platos ante el mensaje en la esquina de la pantalla de mi portátil.

Volteé a ver al Señor Guapo, y parece que no se dio cuenta de la nota picante de mi amiga. La letra es pequeña y aunque los asientos estaban muy juntos, esperaba que fuera corto de vista. Y que estuviera enfocado en su libro.

Yo: Perdería el tiempo. Tengo mucho trabajo por hacer.

Elaine: Últimas palabras de una mujer que desesperadamente necesita un orgasmo. Chad fue un tarado con un lápiz entre sus piernas. Necesitas a un hombre que te haga girar el mundo.

Elaine no tiene pelos en la lengua y es lo que amo de ella. No suaviza las palabras. Lo que dijo sobre el pene de mi ex quizás sea cierto. Tristemente, solo he estado con él, por lo que no he tenido tantos penes en mi vida para comparar, pero ciertamente no sabía usarlo. En cuanto a hacer mi mundo girar, bueno, dudaba que fuera a pasar pronto. Estaba muy ocupada. Trabajo, trabajo y más trabajo. Ocasionalmente dormía. Y como Chad tiernamente resaltaba, no había hecho ningún socio. Aún. Si quiero hacer uno, debía tomar en cuenta el tiempo.

Yo: El sexo no me dará las relaciones que necesito.

Elaine: Tienes enredadas tus prioridades, mujer, con pensar que no puedes tener ambas. ¿Crees que el señor Farber no coje?

No estaba segura de reír o vomitar. Mi jefe ya estaba en los sesenta y era todo menos atractivo. Y un idiota misógino.

Yo: Muy graciosa.

Elaine: Solo una noche. No te digo que te cases con el tipo, solo ten sexo con él. Luego consigue otro y repite el proceso.

Suspiré, tratando de averiguar cómo conseguir a un sujeto para tener sexo. No era exactamente una modelo con mi baja estatura y mis curvas. Y "solo una noche" no era mi estilo. ¿Cómo puede uno andar en esas cosas? ¿Se suponía que debía caminar hacia un tipo y decirle que quería tener sexo? ¿Beber y actuar como tonta hasta que el hombre tomara la iniciativa, me llevara a su casa y salir a escondidas al terminar? Todo eso me incomodaba. El pensar en pasar de una divorciada tensa y adicta al trabajo que solo ha dormido con un hombre a una seductora apasionada en los campos de Montana no se veía factible.

Yo: Ok. Le preguntaré al primero que vea cuando suelte el teléfono si quiere que lo hagamos. Eso debería bastar, ¿no?

Juraría que había escuchado al Señor Guapo gruñir, pero cuando lo miré, seguía leyendo.

¿Quieres más?

Elaine: Siempre funciona para mí. En serio, búscate un vaquero sexy de Montana y lánzate.

Señor Guapo todavía no se había movido y suspiré por dentro. Esta conversación no era algo que él necesitara ver.

Sonó mi teléfono.

Yo: Tengo que irme. El señor Farber está enviando un mensaje.

Elaine: ¿Sabe enviar mensajes? Jajaja.

Rodé mis ojos y cerré la ventana de mensajes. Tomé mi teléfono y revisé el mensaje de mi jefe.

Farber: Escuché que la cita para el caso Marsden fue cambiada para el jueves. En tu ausencia, Roberts se hará cargo.

"Carajo", suspiré, y mi mano apretó el teléfono tan fuerte que mis nudillos se pusieron blancos.

Miré las palabras y quería lanzar el teléfono desde el avión. Eric Roberts estuvo compitiendo por el mismo puesto de socio que yo y él era un completo idiota. Además de tener un título en leyes, tenía una maestría en lamer culos y un doctorado en buscar chicas más jóvenes que él. Me perdí medio día y ahora él tomaría mi mejor caso. Solo podía imaginar que lo lograría en la semana que no estaré.

Normalmente, hubiera sonreído cortésmente y mordido mi lengua. Pero hoy no. Murmuré para mí mientras respondía al mensaje de Farber con una recomendación educada de que enviara a Martínez en su lugar. Martínez, Al menos, piensa con algo más que su pene. Roberts se ha cogido en el camino a todas las del departamento de paralegales y hasta lo hizo con la recepcionista en la oficina de ortopedia en el cuarto piso. "Roberts, maldito. Piensa que puede arruinarme".

"¿Sueles hablar contigo misma?"

Volteé mi cabeza para ver a Señor Guapo.

"¿Disculpe?". Pregunté, confundida. Mi cerebro todavía procesaba cómo mi carrera sería enviada al excusado a pasos alarmantes.

"Solo preguntaba si sueles hablar contigo misma muy a menudo".

Sentí el choque de la realidad, me sonrojé fuertemente y volteé la mirada, para ver a la azafata trabajando en el pasillo.

"Pues... Verás... Solo cuando me estreso". Reí secamente. "Quiero decir, sí. Suelo hablar conmigo todo el tiempo".

Una pequeña V se formó en sus pestañas, y luego miró mi computador. "¿Trabajo estresante?"

La azafata llegó a nuestra línea. "Debido a que seguimos estancados, las bebidas van por nuestra cuenta, chicos. ¿Quieren cerveza, vino o algún otro licor?"

"Licor", Señor Guapo y yo lo dijimos al mismo tiempo. Nos miramos mutuamente y sonreímos.

"Nombren su veneno", respondió la azafata, mirándome con papel y lápiz en mano.

"Vodka tonic", le dije. "Y que sea doble".

"Para mí también", respondió el Señor Guapo.

Cuando la azafata continuó por el pasillo, él se volteó a verme. "Parece que necesitas ese trago".

"O diez", murmuré.

"¿Tan mal estás?", preguntó.

"Lo único que puedo hacer, por ahora, es ahogar mis problemas en el alcohol. Desde que me monté a este avión, recibí una llamada de mi ex, un chat de una compañera de trabajo y un mensaje de texto de mi jefe. Para variar, no llegaré a mi cita en Montana a tiempo". Desempañé la ventana del avión con mi mano y todavía se veía el agua correr. "No puedo regresar a Nueva York, y después de meses de arduo trabajo, le regalarán mi caso a un hijo de...". Me mordí el labio. "A un asociado, porque estoy atrapada aquí".

La mirada penetrante del Señor Guapo estaba fija en mí, como un láser. Como si no quisiera escuchar la tormenta afuera o el llanto del bebé dos filas atrás o la conversación de la pareja en la fila de enfrente. Me estaba escuchando únicamente a mí, y esa atención me excitó completamente. Tuve que cerrar mi mano para aguantarme el querer saber qué tan suave era su pelo pasando entre mis dedos.

"Estar atrapados no es tan malo", respondió.

Arqueé mis cejas y mi mirada se fijó en sus labios cuando habló. Persistí, porque no podía recordar que era de mala educación quedarse mirando. "¿Qué?".

"Mmm", murmuró. "¿Atrapado con una hermosa mujer? Es el sueño de todo hombre. Me siento con suerte".

¡RECIBE UN LIBRO GRATIS!

Únete a mi lista de correo electrónico para ser el primero en saber de las nuevas publicaciones, libros gratis, precios especiales y otros premios de la autora.

http://vanessavaleauthor.com/v/ed

ACERCA DE LA AUTORA

Vanessa Vale es la autora más cotizada de *USA Today*, con más de 50 libros y novelas románticas sensuales, incluyendo su popular serie romántica "Bridgewater" y otros romances que involucran chicos malos sin remordimientos, que no solo se enamoran, sino que lo hacen profundamente. Cuando no escribe, Vanessa saborea las locuras de criar dos niños y averiguando cuántos almuerzos se pueden preparar en una olla a presión. A pesar de no ser muy buena con las redes sociales como lo es con sus hijos, adora interactuar con sus lectores.

Facebook: https://www.facebook.com/vanessavaleauthor/
Instagram: https://www.instagram.com/vanessa_vale_author

www.ingramcontent.com/pod-product-compliance
Lightning Source LLC
LaVergne TN
LVHW011836060526
838200LV00053B/4063